Kirsten Fuchs

Signalstörung

Storys

Rowohlt · Berlin

1. Auflage Mai 2018
Copyright © 2018 by Rowohlt · Berlin Verlag GmbH, Berlin
Satz Greta Text OTF (InDesign) bei
Pinkuin Satz und Datentechnik, Berlin
Druck und Bindung CPI books GmbH, Leck, Germany
ISBN 978 3 7371 0044 1

Signalstörung

Wal und Fußei

«Wenn nicht küssen, dann Fußball», sagte er und nahm das Messer vom Gürtel. Er begann, einen roten Schwimmer von einem grünen Fischernetz zu schneiden. Kleiner als ein Fußball, oval. Fußei können wir damit spielen.

Also kein Küssen.

In einem Paralleluniversum küssten wir bereits. Unsere Jacken raschelten dabei. Die arktische Sommernacht wäre dann warm. Wir würden in der Sonne sitzen und küssen. Es gab keine Dunkelheit zum Verbergen. Alles und überall war es hell. Und keine Bäume und Sträucher zum Verstecken. Helle Nacht. Langer Kuss.

Aber in diesem Universum kniete Jakub neben der Hafenmauer von Nólsoy und kappte die Schnur zwischen Schwimmer und Netz. Es sah aus, als ob er auf etwas einstach, und in meinem Bauch waren Wollen und Nichtwollen. Was mich anzog, stieß mich ab. Ich hatte einen Yin-und-Yang-Bauch, aber er drehte sich wie eine Zentrifuge, und dem Yin flog der weiße Punkt aus seiner Seite und dem Yang der schwarze Punkt aus der seinen, und dann vermischte sich alles.

Also grau.

Also Fußei.

Reden wollte ich nicht mehr.

Das Gespräch vorhin war falsch abgebogen.

Wir hatten an der Bucht gesessen. So nah, dass sein Geruch mich anging.

Und dann fing ich an: «Das ist die Bucht, in der ihr …»

«Ja, das ist sie», unterbrach er mich. «Die ist besser als die Bucht auf der anderen Seite. Diese hier ist flacher. Das ist besser. Willst du das wirklich wissen? Die hier ist günstig, weil man sie hier besser zusammentreiben kann.»

Und ich frage auch noch weiter: «Und du hast da auch schon …?»

«Ich hab da auch schon.»

Und dann frage ich immer noch weiter: «Und auch Delfine?»

Jakub stand auf, und es gab keine romantische Aussicht mehr. Die Bucht auf der kleinen Färöerinsel war voll von gesunkenem Blut.

Darum Fußei. Statt Küssen. Und statt Reden.

Wir hatten zwei Stunden Aufenthalt, bis die Vogeltouristen wiederkamen. Sie liefen gerade den Berg hinauf zur Schwalbenkolonie. Jakub hatte den Schwimmer abgeschnitten, kickte ihn von einem Fuß auf den anderen, und in dem harten, hohlen Material hallte der Schlag.

«Ist doch Quatsch!», fand ich.

«Alles ist Quatsch. Alles. Alles. Alles», sagte er.

«Alles?», fragte ich.

Und er: «Ja.»

Während ich hoffte, dass ihm etwas einfiel, das nicht Quatsch war, steckte er das Messer wieder an den Gürtel. Jakub war Färinger. Die haben ein Messer am Gürtel. Falls plötzlich die Wale in der Bucht sind.

Die rote Bucht.

«Dahinten ist ein Fußballplatz.» Er lief vorneweg.

Fußei also.

Wir gingen an der Hafenmauer von Nólsoy entlang. Die war roh, mit runden Steinen. Direkt hinter dem Hafen standen als Dorfeingang Walknochen. Ein Bogen aus zwei Rippen. Oder Zähnen. Keine Ahnung. Woher auch?

«Sind die echt?»

«Was sonst?», fragte er.

Ich konnte mir das Tier dazu nicht vorstellen. Ich ließ das Tier in der Luft schweben und setzte ihm diese Knochen an verschiedene Stellen. War das Tier fertig, entließ ich es in die Freiheit des Meeres hinter uns. Es schwamm unsichtbar davon, mit Seepocken überzogen.

«Pottwal», sagte er. «Zwanzig Meter lang kann der sein.»

Mein unsichtbarer Wal fiel auf uns herunter. Er war zu schwer zum Schweben. Eine Illusion musste leicht sein. Jetzt waren wir erschlagen von einem Pottwal, Jakub und ich, und aus unseren Rippen wurde ein kleiner Dorfeingang gebaut. Daneben ein Schild: «Sie hätten ein Paar sein können, doch die romantische Geschichte endete mit einem Fußeispiel.»

Ich spielte gerne Fußball. So hin- und herschießen. Nur so. Nicht richtig. So wie jemand Schach spielt, der nur die Regeln kennt. Wenn so jemand gegen jemanden spielt, der richtig spielen kann, dann war das Spiel sofort vorbei. Wegen der Schäfereröffnung oder so.

«Kannst du richtig gut Fußball spielen?», fragte ich den Rücken vor mir.

«Nicht wie ein Brasilianer. Nur wie ein Färinger. Und du?»

«Nicht wie eine Deutsche», sagte ich. «Vielleicht wie ein Kind.»

Ich hatte immer mit meinem Bruder Fußball gespielt. Er war älter, aber nett. Er spielte so, dass ich mithalten konnte. Er hatte ja nur eine kleine Schwester, und wir hatten nur einen Ball. Vielleicht wusste er, dass er sonst hätte allein spielen müssen. So haben wir schubsend gerauft, ohne Regeln, und schossen dem anderen den Ball zwischen den Beinen durch. Ich war nicht schlecht, bildete ich mir ein.

«Ich spiel ganz gut», behauptete ich.

«Gut», sagte Jakub. «Das ist gut. Dann können wir wirklich spielen.»

Dann könnten wir Freunde sein, Kumpel sein. Schwester, Bruder, nichts mit küssen. So könnte es gehen mit dem Mann mit dem Messer.

«Das Spiel der Welt», sagte er. «Wusstest du, dass man das sagt? Das Spiel der Welt. Weil die Welt rund ist und der Ball auch.»

«Unserer nicht.»

«Nein, unserer nicht. Unsere Welt ist anders.»

Ich mochte seinen Akzent. Wie er sich diese fremde Sprache anzog und hinter jedem Vokal der Klang seiner eigenen Sprache durchklang. Wie hinter jedem seiner Sätze die Grammatik der anderen Sprache einem Regal gleich stand, in das Jakub seine Wörter nach alter Gewohnheit legte. Seine As kamen als Echo aus einer anderen Höhle als meine As, und trotzdem war sein A ganz klar ein A. Hinter seinem S zischte etwas anders, und bei seinem L war seine Zunge in anderer Bewegung. Dieses kurze Befremden hält wach. Die Instinkte arbeiteten dann gut. Vielleicht war es das. Ich war einfach besser durchblutet als zu Hause und nicht verliebt.

Die Touristen waren auf dem Bergkamm. Eine bunte Jacke nach der anderen verschwand. Gelbe Jacken, blaue, aber am meisten rote. Ein paar schwarze Jacken dazwischen. Sie alle hatten ein Fernglas und gute Fotoapparate mit. Sie waren von Tórshavn losgezogen, seltene Schwalben zu beobachten, bezahlten viel Geld für die Tour. Eines der schönsten Schiffe von ganz Färöer brachte sie hierher und dann spät in der hellen Nacht zurück nach Tórshavn. Jakub fuhr jede Nacht mit.

Wir hatten einige Abende zusammengesessen, aber stets war er dann verschwunden. Wie in einem Märchen bestieg er das schöne Holzschiff und verschwand vor Mitternacht auf das Meer hinaus. Immer fehlte eine halbe Stunde zum Kuss. Diesen Bann galt es zu brechen.

Also war ich mit in das schöne Schiff gestiegen. Und wir waren gefahren. Die Sonne hoch. Alles gut durchblutet. Das wäre die schönste Nacht geworden, aber erst die Sache mit den Walen und jetzt Fußei.

Es hatte auf dem Schiff süßen Tee gegeben. An einem schmalen Tisch. Wir saßen eng. Die Vogeltouristen zeigten sich die Fotos, die sie schon gemacht hatten. Von Vögeln. Und Eiern. Und ich dachte: Ich werde den Jakub küssen, den schönsten Färinger.

«Hier, noch ein Stück», sagte er, «da!», und zeigte wieder.

Er hatte irgendwo hingezeigt, an den bunten Häusern

vorbei. Eines petrolblau und eines dunkelgrün. Eines ganz in klarem Grau, als stünde ein nichtszeigender Spiegel vor den grünen Hängen. Ein warmes Rot, ein kaltes Gelb, ein warmes Gelb, ein kaltes Hellblau. Die Häuser waren schön. Mit Natur als Dach. Die Farben ersetzen locker den Herbst, den es hier nie gab.

Ich lief ihm also hinterher.

Wenn ich ihm gegenüber ging, konnte ich ihn nicht so anstarren, weil er es gesehen hätte. Weil er selber starrte. Wenn ich hinter ihm lief, starrte ich olympisch. Der Mann mit Messer. Gleich musste ich mich selber hauen wegen diesem Mist. Einen Bart hatte er auch. Und Wimpern wie ein Hundewelpe. Solche hellen. Wenn man verliebt war, vergaß man, dass man schon mal verliebt war und dass es nur ein Zustand ist wie Hunger.

«Vorsicht!», sagte er, als ich stolperte.

«Selber!», sagte ich.

Der Fußballplatz war einfach und hart. Ein elender Belag.

Das Tor kein Netz. Der Ball kein Ball.

«Ich kann doch nicht Fußball spielen», versuchte ich.

«Man kann mehr, als man kann», sagte er und schoss mir den roten Schwimmer ran.

Der flog Brusthöhe gegen mich.

Ich fasste mir an die getroffene Stelle.

Es war schon viel zu spät, um nicht mitten in der Partie zu sein, und wenn wir alle Glück hätten, dann wäre am Ende ein Unentschieden entschieden.

«Das tut doch weh», sagte ich.

«Warte!» Er rannte Richtung Hafen davon.

Waren Wale in der Bucht, oder was?

Jakub rannte zur Marjun. Das schöne Schiff lag verlassen im Hafen. Das lackierte Holz glänzte.

Ich stand auf dem einsamsten Fußballplatz der Welt. Im unangegriffenen Torraum.

In den Häusern lagen die Menschen in den Betten, waren müde vom Tag und schliefen. Ob sie es satthatten, dass um Mitternacht die Vogeltouristen kamen, in Jacken, so bunt wie die Häuser von Nólsoy? Zu laut klapperten ihre Ferngläser. Dass Menschen kamen, die das viele Licht aufpumpte und übermütig machte, die den Einwohnern die Nacht zerlatschten, zerpfiffen und Fußball spielten?

Jakub kam zurück. Zwei orange Sicherheitsanzüge überm Arm. Davon gab es im Schiff so viele wie Passagiere reinpassten. Sie schützen vor dem Ertrinken und vor allem vor dem Erfrieren im Wasser.

«Zieh die Jacke aus!», sagte er.

Und das tat ich.

Und er half mir dabei. Und es gab Berührungen.

«Wir spielen beide in der orangen Mannschaft. Oranje. Kennst du?»

«Dänemark, oder?»

«Niederlande.»

Dann zogen wir uns gegenseitig die Reißverschlüsse zu. Reißverschlussbrüderschaft.

«Ist besser, wegen dem Ball.»

«Dem Ei», sagte ich.

«Dem Ei auch», sagte er.

Unser Grinsen war groß, und heillos war ich verliebt.

«Isst du Fleisch?», hatte er bei unserem Gespräch vorhin gefragt. Ich war innerlich immer vegetarisch, aber es riss mich zu oft hin.

«Ja, aber ...»

Er lachte. «Du meinst das nicht so? Und vor allem nicht Wale, die frei gelebt haben?»

Er war sich so sicher in diesem Gespräch, dass er nicht mal richtig ins Gespräch reinkam. Ich war in diesem Gespräch fest wie ein Haus und brüllte Argumente aus dem Fenster: die Tiere. Das Blut. Die Moral. Das Falsch. Und das Richtig.

Und Jakub saß außerhalb meines Verhörs, hatte alles schon gehört und auf alles eine Antwort.

«Wie einkaufen mit Messer», sagt er, «und ohne Geld.»

Und dass auf den Färöern nichts wuchs. Was sollte man essen?

«Schau dich mal um.» Er zeigte ringsum. Gras. Wasser. Felsen.

«Ihr könntet ja auch die niedlichen Puffins essen, macht ihr doch auch nicht.»

«Doch, klar», sagt er.

Hätte ich bloß nicht gefragt.

Jetzt knallte ich ihm das Fußei ran. Er drehte sich weg, und ich jubelte. Der war mal drin.

Der Stoff der Anzüge scratchte laut, und ich schwitzte in der orangen Pelle. Das Wasser lief mir zwischen den Brüsten runter. Ich riss die Mütze ab und warf sie irgendwohin. Aus den Augenwinkeln sah ich, dass sie dampfte. Mein Körper war voller Stoffe, und die baute ich jetzt ab. Wenn nicht küssen, dann – «DA!», schrie ich und trat das Fußei so hart, wie ich konnte, an den Pfosten, und die Stange vibrierte.

Jakub lachte und schoss zurück. Ich stellte meine festen Outdoorschuhe in den Weg und bremste das Ei. Dann legte ich es mir zurecht und zielte voll auf ihn.

Er rannte seitlich aus dem Tor und sagte: «So nicht!»

Ich schnaufte in die kalte, helle Nacht. Zwei Stierwolken vor der Nase. Gleich würde ich ihn so umrennen, ohne Ball um. Ohne Ei.

«Gut», sagte er. «Jetzt spielen wir scharf.»

Ich nickte.

«Ich schieße jetzt richtig auf dich.»

Ich nickte. «Mach doch.»

«Wer gewinnt, hat recht», sagte er. «Wenn du es so willst.»

«Passt doch», blaffte ich ihn an. «Der Stärkere gewinnt.»

«Mach's dir nicht zu einfach.»

Und dann ging's richtig ab.

1:0

1:1

2:3

3:6

Und dann verlor ich 7:12.

«Das sagt gar nichts», brüllte ich. Und er schoss mir noch mal diesen Scheißschwimmer ran.

Mir tat alles weh.

«Jetzt knutschen?», brüllte ich.

«Shut up!», schrie es aus einem gelben Haus.

Und dann kamen die Vogelkundler zurück. Ihre Wangen waren rot, und sie zwitscherten vergnügt.

Auf dem Rückweg hatte Jakub zu arbeiten. Segel setzen, Fischsuppe für die Vogeltouristen verteilen. Ich aß keine. Obwohl ich gern wollte. Mir tat alles weh. Es wurde immer schlimmer. Da schaukelte uns die Marjun Richtung Heimathafen, und die Vogelleute schnarchten in ihren Kojen. Es war so eng auf dem Schiff. Man musste direkt vom Tisch nach hinten weg, hinter die Vorhänge in die Betten wie in ein Regal kriechen.

«Aua!», sagten wir die ganze Zeit, denn er hatte ja auch blaue Flecken. Ich hatte ihn auch getroffen.

Aber das hatte mit Fußball nichts mehr zu tun.

Wie ich mal in die Kneipe ging, um überhaupt nichts Neues zu erfahren, niemanden kennenzulernen und nichts zu trinken

Ich gehe immerzu in die Kneipe, um nichts Neues zu erfahren, niemanden kennenzulernen und nichts zu trinken. Das war alles früher mal. War früher mal.

Die Amme putze ich dreimal die Woche. Ich schließe auf, halte die Luft an, reiß die Fenster auf, stell die Stühle hoch, und dann kann's losgehen. Die Luft ist keine Luft, wenn man reinkommt. Der kalte Zigarettengeruch ist so dick, man könnte daraus einen Sarg zimmern. Aus dem Schweißgeruch könnte man einen Möbelpacker kneten, aus dem Biergeruch noch einen zweiten. Der Schweißmöbelpacker winkt den Biermöbelpacker ran und manchmal auch den Kotzemöbelpacker, der auch gern mal vorbeischaut. Hängt davon ab, was für ein Konzert war und wie gut es war, wenn ein Konzert war. Oft wacht auch der Pissemöbelpacker auf, der hängt im Männerklo rum, den hab ich vergessen zu erwähnen, den gibt's auch noch. Sie heben sich den Sarg aus Zigarettenqualm auf die Schultern, grüßen höflich: «Bis morgen, Delle!», und verziehen sich durchs Fenster. Ich heiß nicht wirklich Delle, man nennt mich nur so, von früher. War früher mal.

Ich beginne meine Arbeit: Fege die Scherben zusammen, die andere zerdeppert haben, und wische auf, was andere verplempert haben, schabe die Wachstropfen von den Tischen, leere und spüle die Ascher, sammle ein und wische ab die eingeschweißten Getränkekarten. Die Amme hat immer auf, wenn sie gebraucht wird, is 'ne gute Amme. Heißt eigentlich Amnesie, aber ich heiß ja auch nich in echt Delle. Das war früher mal.

Die Amme macht am Wochenende morgens ab acht auf, da eiern dann gleich ein paar rein, die noch nicht fertig sind mit Saufen. Is man ja nie fertig mit. Für die ist noch Nacht. Da kommen manchmal so richtige Absturzsoldaten rein, die trinken sich ins Walhalla. Viele Stammbesucher sind so was wie Durchlauferhitzer. Sie trinken kaltes Bier und machen daraus warme Flüssigkeiten. Das habe ich früher auch gemacht. War früher mal.

Während ich putze, laufen draußen vor den geöffneten Fenstern Menschen vorbei, und das Geräusch der Scherben, die ich mit dem nassen Besen herumschiebe, erinnert sie daran, dass eine Nacht vor diesem Tag war, dass ihre Stadt ein Moloch ist, dass es ein Dunkel gibt vor und nach dem Hell, um das Hell herum. Wahrscheinlich denken die Menschen, die an den offenen Fenstern vorbeilaufen, gar nichts, müssen sie auch nicht. Sie bringen die Kinder in die Schulen und Kitas und gehen dann zu einer Arbeit.

Mir geht immer ganz viel im Kopf herum, wenn ich putze. Ich fühl mich steppenwolfig. Ich und der Besen und der Schrubber, wir gegen den Dreck. Ich denke darüber nach, wie absurd es ist, dass der Mensch – der Mensch, sag ich jetzt mal so allgemein und meine aber jeden speziell damit –, dass der Mensch immerzu etwas von außen braucht, darum diese Drogen und dieser ganze Sozialkram, auch 'ne Droge irgendwie. Ich bin froh, dass ich seit Jahren nüchtern bin. War mal anders. Früher mal. Mein Kopf ist wie die Amme, nachdem ich sie geputzt hab. Und davor? Davor war er, wie bevor ich sie geputzt habe. Ich will ernst genommen werden. Warum? Warum? Weil ich vierfünfsechssieben ganze Leben am Tresen gestanden habe, um Zeug zu blubbern.

«Morgen hör ich auf!»

«Klar, Delle, hier haste noch eins!»

«Danke!»

Ich war nicht einer von denen, die da irgendwann mal den Hals voll haben vom Saufen, nee, immer rin. Früher mal.

Ich hole den Schlüssel, um den Tresen abzuwischen. Von dem ganzen Zeug, das so geredet wird, ist der Tresen ganz klebrig. Betrunkene haben so eine schwerfällige Logik, die gar nicht doof ist, aber so langsam. Nicht doof, aber langsam! Kann man nur verstehen, wenn man selbst betrunken ist.

Und diese ganzen Geschichten, die so erzählt werden. Geschichten. Geschichten. Ach, Geschichten: Wir ham mal den Provinzfascho total veräppelt. War der blöd! Wir haben mal 'ne Bierbank durchs Klofenster geklaut. Warum? Warum? Weil die Kneipe uns rausschmeißen wollte, also, nicht die Amme, die schmeißt keinen raus. Wir haben mal so richtig dolle gesoffen und gelacht. Und dann haben wir mal aber so richtig dolle gesoffen, und was haben wir gelacht. Und dann haben wir einmal so mörderisch dolle gesoffen und gelacht ...

Ich weiß gar nicht mehr so richtig, wer wir war. Wir, wir, nicht mehr jung, wir hatten doch mal was vor, was war das denn noch mal? Berlin ist für immer jung, und wir wollten das auch sein. Wir haben uns in Alkohol ein-gelegt und die Konvention des Altwerdens ausgelacht, bis unsere Zähne eklig aussahen, weil keine Kranken-versicherung. Da haben wir immer noch gelacht. Dann wurde der Wind kälter und die Zähne schmerzempfind-lich, und dann war die fehlende Krankenversicherung schon ein großer Scheiß!

Wir sind mit voller Absicht nichts geworden, und das hat ja auch geklappt.

Wir sind nichts geworden und darauf stolz. Das muss man karrieremäßig auch erst mal durchziehen in so einer Welt, wo dich alle drängen, was zu werden.

Einmal war es knapp mit der Karriere als Nichts: Da hab ich in einem besetzten Haus gewohnt. Es gab nur zwei Regeln: Wer kocht, kocht viel, und alle dürfen davon essen. Wer es aufisst, muss abwaschen. Meistens standen dann in der Küche alle Töpfe voll mit Resten, denn alle ließen so einen Klecks Spaghetti, Eintopf, Erbsensuppe übrig. Manchmal begann es zu schim-meln, manchmal war jemand hungrig, aß alle Reste und wusch alles ab. In einer Vollmondnacht bekamen drei Hündinnen gleichzeitig ihre Welpen. Die waren alle vom selben Vater, einem charmanten Rammler wie wir alle – freie Liebe, yeah! In den nächsten Monaten versuchten wir, die Hundewelpen loszuwerden. Dabei tauchte Corinna auf, sie verliebte sich in einen kleinen Hund und in mich. Corinna lernte gerade Tischlerin. Das wollte ich auch immer, sagte ich ihr. Dann schlief sie das erste Mal bei mir und brachte einen Wecker mit. Sie stellte ihn neben mein Bett, und dann stand dort ein Wecker. Außerdem wollte sie sich umhören nach einem

Ausbildungsplatz. Es hat nicht geklappt mit uns. Und sie nahm den Wecker wieder mit.

Ach, diese Geschichten. Das war alles früher mal.

Und das kam so: Einmal bin ich morgens zu Hause aufgewacht und hatte mein Fahrradschloss um die Hüfte. Ging weder nach oben noch nach unten ab. Ausgezogen hatte ich mich vor dem Einschlafen noch, aber das Fahrradschloss hatte ich noch an. Schlüssel? Schlüssel? Keine Ahnung! Bevor ich darüber lachen konnte, fiel mir auf, dass mein Fahrrad dann wohl nicht angeschlossen ist. Mein treues Pferd! Ich zog mir meine Sachen über das Fahrradschloss und ging mein Rad suchen. Ich ging den Weg von zu Hause zur Amnesie. Ich konnte mich nicht erinnern, dass ich den Weg letzte Nacht auch gegangen war, musste ich ja aber, bewies ja mein Aufwachen in den eigenen vier Wänden, zwischen den eigenen vier Kissen. Fahrrad? Fahrrad? War weg! Blieb weg! Ich finde, dass es nichts Fieseres gibt, als einem Mann sein Fahrrad zu klauen. Aber wenn er es nicht anschließt, der Depp, dann ist das seine Schuld.

Hammer hat mir das Fahrradschloss dann mit einer Flex entfernt. Ich habe an diesem Tag aufgehört zu trinken, und wenn man mich fragt, wie ich das geschafft habe, dann sage ich: Ich putze die Amme. Es ist eine schöne Arbeit. Erst isses schmutzig, wie 'ne gute Kneipe zu sein hat, wenn sie zumacht, dann isses sauber, wie 'ne gute Kneipe zu sein hat, wenn sie aufmacht.

«Ach, Delle, du warst ein großer Trinker!», sagt man manchmal zu mir. Das klingt, als wäre das meine Karriere gewesen. Jetzt putze ich die Amme, und ich bin ein großer Putzer.

Wolfsburg: *Asche zu Asche*

Nachdem ich vier Berichte über Festivals verfassen musste, die nur noch Konsummist für Konsumkids waren, bekam ich endlich mal wieder ein Interview zugeteilt. Mein Chefredakteur wusste genau, wann man mir einen Knochen hinwerfen musste.

Ich fing den Knochen und fuhr los.

Die Band waren zwar Newcomer, aber das neue heiße Ding. Sie spielten eigentlich das, was alle Südstaaten-bands spielten, nur schneller. Sie hießen *the In and Out*. Ich fand sie nicht sonderlich, aber ich verstand schon den Hype. Der Sänger war gerade mal einen Meter groß und hatte einen Bart tätowiert. Die restlichen Bandmit-glieder waren Frauen, die angeblich alle was mit dem Sänger hatten.

Ich fuhr nach Wolfsburg und hörte mir dabei noch mal ihre Platte an. Das war schon gutes Geschrammel.

Es war nicht das erste Mal, dass ich für ein Interview nach Wolfsburg fuhr. Die Bands, die durch Deutschland tourten, die brauchten oft einen Zwischengig. Selbst wenn sie da nur für Essen, Schlafplatz und Freibier spiel-ten. Wolfsburg lag gut in der Mitte. Eine Zwischengig-Stadt.

In Berlin hätte ich so leicht keinen Interview-Termin bekommen.

Ich klopfte an die Scheibe vom *Paketausgabe*. Der ein-zige vernünftige Club in Wolfsburg.

Drinnen war Licht.

Ron kam zur Tür. Er steckte die Zigarette in den Mund, schloss auf, gab mir seine nasse Hand. «Nur Spülwasser», sagte er und wischte sich an der Schürze ab. «Bist früh, Timmi.»

«Klar, will ja auch die Band für mich alleine.»

«Du, die kommen erst gegen sechs zum Soundcheck.»

«Okay», sagte ich. Ja, das war schon okay. Zwei Stunden nach Wolfsburg, zwei zurück, zwei Warten, eine Stunde Quatschen. Ist kein leichter Beruf. Kein Beruf ist ein leichter Beruf.

«Willst 'nen Kaffee? Ich hab jetzt so Kapseln.»

«Hattest du letztes Mal noch nicht, oder?»

«Nee, Frau Kapselautomat ist neu. Meine beste Kraft.»

Er drückte seine Kippe aus. Der Aschenbecher war ein Schädel.

«Herr Schädel ist aber auch neu, oder?» Ich zeigte drauf.

«Beim Umgraben gefunden.»

Ron war ein komischer Vogel. Ich hatte mich dran gewöhnt, dass er aussah wie Gandhi. Aber je länger man ihn kannte, umso weniger sah er aus wie Gandhi. Eigentlich vor allem die Brille und die Glatze.

«Hast du einen Friedhof umgegraben?»

«Nee, is aus'm Garten. Wir haben ein Haus geerbt. Mit Garten. Und den musste ich erst mal umgraben.»

«Okay, kein Kaffee. Mach mir mal lieber ein Bier auf», sagte ich.

Er hatte schlechte Marken und das Regionale da. Das Regionale schmeckte süß, aber ich mochte es inzwischen. Er zeigte mit dem Finger drauf. Ich nickte.

«Weißt du, von wem der Schädel ist?»

«Nee, aber ich weiß, wer vorher das Haus hatte. Ein saualter Mann. Meine Frau hat den gepflegt. Der war eigentlich ganz nett.» Ron machte sich auch ein Bier auf. Alkoholfrei.

«Was ist denn mit dir los?»

«Jaja, erzähl ich dir gleich. Hat damit zu tun.»

«Okay, ich bin gespannt.»

«Lass bloß das Diktiergerät aus, sonst komm ich in die Klapse.»

Wir stießen erst einmal an.

«Es war ja klar, dass wir das Haus erben würden. Meine Frau hat vorher schon seine Frau gepflegt, bis die vor drei Jahren gestorben ist. Und mit der war das schon abgesprochen. Sie sollte bloß den Alten auch noch pflegen bis zum Schluss. Sind alle davon ausgegangen, dass das nicht mehr lange dauern würde. Ich meine, der war neunzig. Der war im Krieg gewesen, lange, den ganzen Krieg über. Hatte ein schlimmes Bein. Und auch mal was abbekommen. Granate oder so. Niemand hätte gedacht, dass der noch drei Jahre lebt. Meine Frau ist mit unserem Sohn zu ihm ins Haus gezogen, in die obere Etage. Das war alles abgemacht. Sprach ja auch nichts dagegen.» Er steckte sich eine Zigarette an. «Du auch?»

«Rauch nicht mehr. Ist doch sinnlos. Stirbt man ja von.»

«Aber saufen tust du noch?»

«Ja, aber du nicht.»

«Na, dann sind wir ja quitt.»

Ron aschte in den Schädel und erzählte weiter. «Der Alte wurde nicht nur älter als gedacht. Er wurde auch rassistisch. Ein Arschloch. Er schimpfte über alles, was nicht deutsch war. Meine Frau verbot ihm, die Nachrichten anzusehen, weil er das nicht ertrug. Er schimpfte und bekam paar Mal fast einen Herzkasper. Am Anfang hielt sie unserem Sohn die Ohren zu. Dann nahm sie ihn nicht mehr mit zum Alten runter. Fand der Kleine aber auch nicht gut. Er hat den Alten gemocht. Aber wir wollten nicht, dass er diese ganzen Wörter hört. Das N-Wort, das V-Wort, das H-Wort. Echt, von der schlimmsten Sorte.» Er aschte in den Schädel. «Gott sei Dank starb er dann. Und dann sind wir richtig eingezogen. Haben unten alles rausgerissen. Die Möbel verbrannt. So einen verschissenen ovalen Tisch und Bilder, die seine Frau aus Wollfäden gemacht hat. Und das Sofa. Das kannst du dir nicht vorstellen. Braun mit Orange und Dunkelgrün. Da waren Tapeten mit solchen Mustern.» Er zeigte Fußballgröße. «Hätten irgendwelche Hipster bestimmt 'ne Menge Geld für ausgegeben.»

«Ich auch. Ich mag das.»

Ron machte ein Kotzgeräusch. «Oh nee, das sah alles aus wie Peter Alexander und RAF gleichzeitig. Nach so Lederjacken mit spitzen, langen Kragen. Es roch auch alles nach Klistier.»

«Okay, verstehe. Vielleicht hätte ich die Möbel doch nicht gewollt.»

«Wir haben alle zerhackt und verbrannt, kleines Feuerchen im Garten. Meine Frau hat innen alles schön gemacht. Sauber, hell, so landhausmäßig. Hat sie ein Händchen für. Wir wohnen jetzt in einem Traum. Dann hat sie gesagt, mach du den Garten, Ron. Ich stehe ja auf Gartenarbeit. Aber jetzt trink ich alkoholfreies Bier.» Er machte sich noch eins auf. «Ja, also ich habe den Schädel gefunden, und dann ging's los. Hab hier im *Paketausgabe* ungefähr um einse Schluss. Alles, was länger geht, übernimmt Stevie. Ich fahr mit dem Fahrrad nach Hause. Darum kann ich normalerweise auch trinken. Ich fahre auf 'nem schön ausgebauten Radweg neben der Landstraße. Zwanzig Minuten, bin ich zu Hause. Ob besoffen oder nüchtern. Und dann vor einem Vierteljahr ging es los. Da stand er nachts immer im Garten. Und hatte Redebedarf.»

Jetzt musste ich doch fragen. «Wer?»

«Der Alte.»

«Sein Geist?»

«Ja, irgendwie so. Und er erzählt mir alles vom Krieg. Immer nur vom Krieg. Egal, was ich sage. Er hört mich sowieso nicht. Aber trotzdem reagiert er auf mich. Wenn ich mit dem Fahrrad ankomme, sitzt er vorne auf der Treppe vom Haus. Dann kommt er zu mir. Also, er sieht mich oder so. Keine Ahnung. Oder hört mich. Riecht mich. Und dann geht es los. Er redet einfach los. Über Schießereien in kleinen Dörfern. Wo er mit geschlossenen Augen geschossen hat, weil er nicht anders konnte. Einfach in die Menschen rein.»

Ron legte ein unsichtbares Gewehr an, schloss die Augen, schoss in den leeren Club rein.

«Ich habe niemand mit Absicht erschossen, sagt er. Niemals hätte ich gemordet. Dann hat er mir von der Verhaftung erzählt. Die Franzosen haben ihn aufgegriffen. Zusammen mit seinen letzten Kameraden. Alles Scheißnazis gewesen, hat er gesagt. Einer schlimmer als der andere. Welche, die mit offenen Augen geschossen hätten. Was er gar nicht wissen konnte, wenn er selber immer die Augen zugemacht hat. Die Franzosen wollten das Soldbuch sehen. Da stand auch drin, wo man stationiert war. Die zuletzt zuständige Wehrdienstersatzstelle, Standort des Ersatztruppenteils, sagt er. Es gab Orte, wo man wusste, dass Frauen und Kinder erschossen worden waren. Wenn die Franzosen jemand mit so einem Stempel im Soldatenpass erwischt haben, war der sofort tot. Wenn die Seite gefehlt hat, haben sie dich auch abgeknallt. Die meisten Soldaten haben natürlich ihr Soldatenbuch verloren, und sie konnten sich plötzlich nicht mehr erinnern. Fremde Sprache, keine Ahnung, nix verstehen. Der Alte war aber nicht so clever, sein Soldbuch früh genug verschwinden zu lassen. Und da stand 'ne Menge drin. Alles Frankreich. Die falschen Orte. Als die Franzosen kamen, hat er das Soldatenbuch nach unten aus der Jacke rutschen lassen und mit den Füßen verscharrt. Dann ist er einen Schritt zurückgetreten, und als der Franzose ihn abgesucht hat, stand der genau drauf. War ja wie ein Ausweis und mit den ganzen Namen drin, von den Orten. In denen er mit geschlossenen Augen geschossen hatte.»

«Du nimmst ihn viel zu ernst für einen Geist», sagte ich. «Der kann dir sonst was erzählen. Sag mal, nimmst du vielleicht zu viele Pillen durcheinander?»

Aber Ron schüttelte den Kopf. «Nein, hab ich leider nicht. Nichts, wo man auf den Trips hängenbleibt. Nur andere Sachen. Echt, keine Halluzinogene. Nur Amphetamine, um besser arbeiten zu können.»

«Crystal?»

«Bist du bescheuert. Das rühre ich nicht an.»

Verdammt, mir war so nach Rauchen zumute, obwohl ich es mir ja abgewöhnt hatte. «Und warum trinkst du nicht mehr? Erscheint der Geist dann nicht?»

«Doch, jede Nacht. Er sitzt jede Nacht da auf der Treppe. Und erzählt mir was. Frauen, denen er den Arm verdreht hat, Bauern, denen er die letzte Kuh weggenommen hat. Und weil klar war, dass das Kälbchen verhungern würde, haben sie es mitgenommen und noch ein paar Tage leben lassen. Damit es frisch bleibt. Das Kälbchen hat ständig geweint. Richtig geweint. Gott, das macht mich alles so fertig.» Ron schüttelte den Kopf. «Das mit dem Kälbchen hat ihn mehr fertiggemacht, als die Kinder abzuknallen, sagt er.»

«Ja, aber warum trinkst du Alkoholfreies?»

«Ob du es glaubst oder nicht, wenn ich mir das ange-soffen anhöre, dann zieht mich das noch mehr runter. Ich kann nicht schlafen. Außerdem, wenn ich besoffen bin, will ich es immer meiner Frau erzählen. Aber sie liebt das Haus so. Sie soll nicht wissen, dass wir den Alten im Garten haben. Nüchtern geht es. Da kann ich einfach schlafen. Echt, der Alte und sein Kriegszeug ... das macht mich fertig.»

«Kann ich mir vorstellen», sagte ich.

Das war so ein Interviewsatz. Der ging immer.

«Nee, kannst du dir nicht.» Ron war kein eitler Musiker. Der war ein anständiger Barmann. Der wollte keinen Versteh-ich total-gut-Schmus.

«Ich frage mich, wann der wieder verschwindet. Meine Vermutung ist, dass er alle seine Erinnerungen einmal erzählt haben muss. Bis jetzt hat er sich nicht einmal wiederholt. Es geht ja erst ein Vierteljahr. Und ich hoffe, dass er irgendwann durch ist. Aber wenn er in einem Monat von vorne anfängt, dann bring ich ihn um. Lach nicht.»

Ich wollte gar nicht lachen, es war einfach so aus mir herausgekommen. «Kannst du nicht was anderes arbeiten? Also tagsüber?»

«Du bist lustig. Ich hab doch nichts gelernt. Und wenn ich tagsüber arbeite, kann ich dann abends und nachts nicht mehr in den Garten? Wo soll ich denn rauchen? Der sitzt auch am Wochenende da.»

«Dann hörst du halt auch noch mit dem Rauchen auf.»

«Bist du bekloppt? Was bleibt denn dann vom Leben? Ich hoffe echt nur, dass er nicht mehr da ist, wenn mein Sohn anfängt, abends wegzugehen. Wenn der nachts nach Hause kommt, soll nicht der Alte da sitzen und ihm dieses grausame Zeug erzählen.»

«Ja, verstehe.»

«Nüscht verstehst du. Versteh es ja selber nicht.»

Ron aschte in den Schädel. Wenn das Einbildung eines Verrückten war – der Schädel war trotzdem ein Schädel. Der stand da auf dem Tresen. Der war Fakt.

«Asche zu Asche», sagte Ron. «Irgendwann sind alle Augenzeugen tot. Dann gibt's nur noch den Alten in meinem Garten ...»

«Der ist kein Augenzeuge», sagte ich. «Er hat ja die Augen geschlossen, wenn er geschossen hat. Gib mir mal 'ne Kippe, bevor die Musiker kommen.»

Aus dem Kellerfenster

Bald kommen die ersten.

Fenster auf!

Ich lehne mich weit aus dem Fenster und lege meinen Oberkörper auf dem Fensterbrett ab. Es wird kühl am Herz. Dabei sauge ich an meiner E-Zigarette. Auf dem ganzen Gelände ist striktes Rauchverbot, aber ich rauche nicht, ich dampfe. Das ist nämlich Dampf, kein Rauch.

«Trotzdem», sagt die Chefin, wegen der Vorbildfunktion.

Bitte? Ich bin der Hausmeister. Ich arbeite im Keller. Was für eine Vorbildfunktion?

Mein Fensterbrett ist ganz knapp über dem Rasen. Wenn ich raussehe, ist mein Kopf auf Bodenhöhe, mitten im Gebüsch. Die Eltern sehen mich nie. Die Kinder manchmal. Sie rufen meinen Namen. Herr Gustav. Ich bin der Einzige im Haus mit Anrede. Alle anderen haben nur Vornamen. Sogar die Chefin. Sabine.

Sabine hat gestern gefragt, ob ich mich ein bisschen umhören könnte. Es hätte einen unangemessenen Brief gegeben. Einen Angriff auf ihre Person. Könnte von den Erziehern kommen. Oder von Eltern. Von den Kindern jedenfalls nicht.

Ich sehe durch das braune Laub der Hainbuchenhecke die kleinen, blinkenden Schuhe. Es gibt Eltern, die immer sehen wollen, wo das Kind ist. Warum hängen sie ihm kein Glöckchen um den Hals? Oder leinen es an? Oder gebären einfach gar nicht?

Der erste kleine Affe an diesem Morgen klettert am Zaun hoch und öffnet den Riegel, der oben dran ist, damit die kleinen Affen nicht abhauen.

«Herr Gustav, könnten Sie sich da etwas ausdenken, damit die Kinder nicht so leicht rankommen?», hat Sabine gefragt.

«Strom», habe ich geantwortet.

«Nein, ein Riegel, ein anderer Riegel», sagt Sabine daraufhin, «einen, den sie nicht aufbekommen, aber sie sollen sich nicht eingesperrt fühlen.»

«Und da liegt der Hund begraben», habe ich gesagt.

Der kleine Affe heißt Minala, ein Phantasiename, den die Mutter beim Standesamt durchbekommen hat. Es sollte eben keine Mila oder Nala sein, sondern eine Minala. Die Mutter ist vierzig. Sie heißt Andrea. Irgendwann wird Minala ihrer Tochter einen Namen geben, den alle haben.

Minala sagt zu ihrer Mutter: «Lass mich doch bitte einmal ausreden.»

«Natürlich», sagt die Mutter.

Ein Kind, das für sein Alter zu weit zählen kann. Rechnen soll es auch schon können, raunt man.

Die Mutter hat den Brief nicht geschrieben. Schon eher Minala.

«Mama, wann kommt Papa wieder?»

«Papa kommt am Wochenende.»

«Hat er eine neue Frau?»

«Frag ihn doch, wenn er da ist.»

Sie tippen den Sicherheitscode ein. Die Zahlenkombi

besteht aus meiner Schuhgröße und der Anzahl der Jahre, die ich hier schon arbeite. Fünfzehn. Vorher war ich in einer Schule.

Es summt, Mutter und Kind drin.

Das Schließsystem habe ich vor drei Wochen angebracht. Es wurden zu viele Kinderklamotten geklaut. Die teuren natürlich. Einige Eltern haben sogar selbst Schuhe verschwinden lassen, damit sie nicht in den Ruf kommen, ihnen sei nichts geklaut worden, weil sie wohl ihre Kinder nicht lieben, weil sie ihnen nichts Schickes kaufen. Secondhand ist schon beliebt, aber es darf keiner wissen. Bei gebrauchten Schuhen hört der Spaß auf.

Ich ziehe meinen Kopf ein und gehe wieder an die Arbeit. Neben der Werkbank steht ein kaputter Stuhl mit einer geschnitzten Krone oben an der Lehne. Der Krone fehlt eine Zacke. Das Geburtstagskind darf drauf sitzen. Es wird besungen und beklatscht. Dann gibt es Kuchen. Eines dieser Geburtstagskinder ist ausgerastet. Wenn ich die Zacke wieder anklebe, bricht sie das nächste Geburtstagskind außer Kontrolle wieder ab. Ich sollte die Krone ganz abmachen. Das wäre doch auch für die Kinder besser. Vielleicht bin ich der beste Pädagoge im Haus. Ich stutze die restlichen Zacken.

Draußen Rufe. Komm, komm, steh auf!

Tippe auf Arthur. Gehe zum Fenster. Durch die Hecke sehe ich die Mutter von Arthur. Sie sehen sich ähnlich, Mutter und Kind. Beide nicht zufrieden mit sich und dem anderen und allem anderen.

«Ich will nicht», ruft das Kind.

«Ich kann nicht mehr», ruft das Gesicht der Mutter.

«Du musst», sagt sie.

«Ich will aber nicht», beharrt das Kind.

«Soll dir die Mama noch mal erklären, warum du in den Kindergarten musst?»

Kind sagt «nein», Mama erklärt trotzdem.

«Die Mama muss zur Arbeit, Geld verdienen, sonst können wir nichts zu essen kaufen. Und ich kann nur arbeiten, wenn du in den Kindergarten gehst.»

Ich dampfe vor mich hin. So richtig zufrieden macht mich diese E-Zigarette nicht. Dreimal am Tag brauche ich eine richtige. Muss ich vorm Gelände mit den Küchenfrauen rauchen.

Arthur ist ein Integrationskind. Lässt sich nicht beruhigen. Er tobt gegen die Welt an. Gegen das Müssen. Recht hat er!

I-Kind, sagen die Erzieher. Als ob sie es nicht mit spitzen Fingern anfassen wollten. Sie haben viele I-Kinder. Sie sind ein I-Kindergarten mit I-Erziehern. Ein I-Kind bringt viel Geld. Dann kann man eine Summanlage anbringen.

Arthur lässt sich heulend hinterherziehen. Oben heulend umziehen, heulend abgeben. Mutter geht heulend zur Arbeit. Mutter bei der Therapie, Kind bei der Therapie. Wer macht wen krank? Huhn und Ei.

Als Nächstes kommen zwei Erzieherinnen. Eine so, die andere so. Äpfel und Birnen. In allem das Gegenteil. Sie reden über Sabine.

«Manchmal finde ich sie ein bisschen ... na ja», sagt Apfel.

Ich dampfe ein, ich dampfe aus. Das hätte mich jetzt aber interessiert.

«Wegen der Integrationssache ...?», fragt Birne.

«Aber ist ja für alle gut.»

«Eigentlich ist Sabine eine Gute.»

«Ja», findet Apfel auch.

Könnte sein, sie wissen was. Warum sonst sollten sie sonst extra darüber reden, dass Sabine eine Gute ist? Aber ich glaube, sie wissen noch nichts von dem Brief.

Ich wende mich dem kaputten Spielzeug zu.

Der Drucker geht nicht mehr. Der eine Erzieher, der einzige Mann, wollte was drucken, aber der Drucker wollte nicht. Da hat der Erzieher das gemacht, was er immer macht, wenn was nicht funktioniert. Gut zugeredet. Dem Drucker.

Argumente: «Schau mal, wir sind hier ganz viele und müssen aufeinander Rücksicht nehmen. Du kannst nicht immer nur machen, was du willst.»

Einfühlungsvermögen: «Sag mir doch mal, was du hast, hm? Bestimmt verstehe ich dich viel besser, wenn du es mir sagst. Hast du ein Blatt quer sitzen?»

Ein Angebot machen: «Wenn du jetzt druckst, dann kannst du nachher Ausmalbilder drucken.»

Ein spielerisches Angebot machen: «Weißt du was? Wir spielen jetzt Post. Ich bin der Postbote, und du bist die Briefsortiermaschine. Gib mir doch mal das verklemmte Blatt, was da in dir drin ist.»

Strafe androhen: «Jetzt reicht es. Ich zähle jetzt bis drei. Wenn du dann immer noch nicht ausgedruckt hast, dann gibt's keine neue Tinte. Eins, zwei, drei!»

Schimpfen und Kritik mit Ich-Botschaft: «So geht das nicht! Dein Verhalten gefällt mir überhaupt nicht.»

Soziale Isolation als Strafe: «Du kommst jetzt runter zum Hausmeister!»

Warum bringen sie mir nicht die kaputten Kinder runter?

Ich klappe den Drucker auf. Ich weiß ja, was er hat. Ich ziehe das verklemmte Blatt raus.

Entwicklungsbericht Sabine Michel, Blatt drei.

Draußen kommt das Pferdekind angaloppiert. Der Vater wiehert müde hinterher.

Ich stelle den Drucker weg, hänge mich aus dem Fenster.

Das Pferdekind macht das Tor nicht auf. Es hat ja Hufe. Es dreht sich um und keilt hinten aus. Gegen den Zaun.

«Mensch, mach nicht so einen Krach», donnert der Vater.

Das Pferdekind wiehert eine Antwort.

Sabine hat versucht, für das Pferdekind einen I-Status zu bekommen. Klar, das Pferdekind verhält sich Pferd-angemessen, nicht Kind-angemessen. In einem Pferde-kindergarten würde es aber auch auffallen. Nun sind zwei Schubladen offen. Fohlen. Kind. Offene Schubladen bergen eine Verletzungsgefahr. Da rennen andere mit ihren Köpfen dagegen.

Manchmal sagen die Erzieher morgens: «Ach, da kommt ja unser Pferd.» Und das Kind heult, weil es nun ausgerechnet an dem Tag ein Esel ist.

Das steht alles im Entwicklungsbericht, der geschrie-ben werden muss, um einen Integrationsstatus zu bean-tragen. Das Kind soll in die Realität integriert werden. Andere Kinder bekommen phantasieanregendes Spiel-zeug. Dieses Kind bekommt phantasieabregendes Spiel-zeug.

Ab halb neun wird die Eltern-Kind-Dichte höher. Zum

Frühstück sollen alle da sein. Ich höre den Riegel am Hoftor klappern. Die Frau mit den drei Kindern. Sie kommt oft zu spät. Die Tür ist zu, denn beim Frühstück darf keiner stören. Das müssen nicht nur die Kinder lernen.

Die Mutter reibt sich die Stirn und holt das Handy raus. Sie muss auf ihrer Arbeit anrufen, dass sie später kommt. Sie muss überlegen, wo sie jetzt etwas zum Frühstücken herbekommt, denn die Kinder können ja nicht im Kindergarten essen.

Bestimmt gibt es etwas am Fahrradständer zu reparieren. Ich gehe raus. Die Mutter stellt schnell ihren Fuß in die Tür, ruft die Kinder rein. Sagt ihnen, sie sollen leise sein beim Hochgehen.

In der Kita sind die Kinder alle drei sehr lieb. Nachmittags, wenn die Mutter sie abholt, kommen ihre ganzen kindlichen Begehrlichkeiten hoch, ihre Erschöpfung und ihr Frust. Anstrengend, dieses Bravsein. Die Mutter hätte gern Hilfe, aber die Kita sagt, die Kinder wären zu normal.

Am Fahrradständer ist alles in Ordnung. Ich rauche eine mit den Küchenfrauen.

«Schon gehört?», frage ich sie.

Sie haben noch nichts davon gehört.

Jetzt wissen sie es, und morgen werden es alle wissen.

Der Chefin wurde von irgendwem ein Entwicklungsbericht geschrieben. Gegliedert wie die Entwicklungsberichte der Kinder. Erstens Sprache, dann Körperpflege, dann Spielverhalten, dann sozial-emotionale Entwicklung und so weiter.

Sabine lebt allein und hat keine Kinder. Über ihre Eltern spricht sie selten. Ihre sozial-emotionale Entwicklung sei demnach und so weiter. Sie würde auffällig oft schwarze Kleidung tragen, komisch laufen und keine Rücksicht auf die Gefühle der anderen nehmen. Ihre kognitive Auffassungsgabe sei und so weiter.

Die Kinder rascheln vormittags durch das Laub, nachmittags soll ich es wegharken. Eine Erzieherin hat in einem Dekoladen Laub aus Filz gekauft. Das werfen sie nachmittags im Zimmer umher. Es raschelt nicht. Sie bekommen Stöcke aus Stoff, Steine aus Plüsch, Laub aus Filz. Alles möglich durch das Geld der I-Kinder.

Arthur steht am Fenster und schaut zu mir runter. Ich winke hoch. Es winkt nicht zurück.

Kinder sind auch nicht mehr das, was sie mal waren. Menschen überhaupt.

Ich muss das klarstellen: Ich finde Kinder schrecklich. Erwachsene aber auch. Noch mehr. Kinder finde ich zu kindisch und Erwachsene zu erwachsen. Ich war auch ein seltsames Kind. Jetzt bin ich ein seltsamer Erwachsener. Ist eben so.

Heute ist Laternenumzug. Die Eltern müssen deshalb früher kommen. Andrea ist pünktlich. Sie bringt eine Laterne mit, die nicht Minala gebastelt hat, denn Basteln ist nicht so die Stärke von ihr.

Die Mutter von den drei lieben Kindern kommt zu spät. Sie nimmt zwei streitende und ein lachendes Kind in die Arme.

Das Pferdekind wiehert. Die Eltern wiehern mit.

Die Mutter von Arthur versucht, Arthur was zu erklären. Rücksicht auf alle nehmen, nicht mit der Laterne schlenkern, Jacke zu. Arthur winkt mir durchs Gebüsch bis in meinen Keller hinein.

Sabine versucht erst gar nicht zu lächeln.

Ich mache das Fenster zu. Ich repariere heute nichts mehr.

Die Kinder singen: Rabimmelrabammelrabumm. Sie sind die Lichter im Dunkeln.

Signalstörung

Nermin sperrt den Regen aus: «Mist, das läuft schon wieder hier unten rein. Die sollen das dicht machen. Das ist doch Mist. Ich hol mal einen Lappen.»

Ihre Kollegin hat ihren gesenkten Kopf in ihre beiden Hände gestützt. Sie hält ihn nicht wie einen Kopf, sondern wie ein gusseisernes Lesegerät. Sie zielt ihren Blick auf die Ersatzfahrpläne, die vor ihr liegen.

«Jadwiga. Hast du gehört? Ich muss mal in die Gemeinschaftsküche. Einen Lappen holen.»

«Ja, mit Milch!» Jadwiga lächelt sie kurz an. «Danke!» Und schon schiebt sie das Lesegerät wieder über die Pläne.

Die Kommunikation zwischen beiden Frauen ist ein Zug und ein Gleis mit unterschiedlicher Spurweite und nicht ausreichender Spurweitentoleranz. Vielleicht, weil die Gleissysteme oft wechseln zwischen den Ländern und Kulturen. Da können nicht dieselben Züge fahren, da müssen alle Worte erst in ein Umspannwerk.

Nermin und Jadwiga kennen sich nicht gut und arbeiten in dieser Nacht das erste Mal zusammen, weil Sonderbedingungen gelten und Sonderteams gebildet wurden, die sich an Sonderregeln halten. Das gut organisierte Land versucht auch in dieser Situation, das gut organisierte Land zu bleiben. Aber vielleicht war es nie gut genug organisiert für diese Sondersituation.

«Ich wollte gar nicht Kaffee machen», sagt Nermin.

«Ja, danke!», sagt Jadwiga, diesmal sogar ohne das Lesegerät zu heben.

Das war eher eine Signalstörung. Im Lehrbuch steht: «Ein gestörtes Signal ist eine Ursache für mögliche Störungen. Meistens ist eine Signalstörung mehr als eine Signalstörung. Die Ursache liegt in den dahinter liegenden Anlagen der Leit- und Sicherungstechnik. Oder ein Stein hat sich in einer Weiche verkeilt, abgebrochene Äste liegen auf den Gleisen, Hochwasser und Überschwemmungen nach heftigen Regenschauern überfluten die Strecke.» Nermin muss den Lappen holen. Die Pfütze unterm Fenster ist Richtung Mitte des Raumes unterwegs.

«Ich gehe keinen Kaffee machen. Ich gehe wegen der Pfütze. Wegen dem Regen.»

«Wegen des Regens.»

Nermin verspannt sich. Weiß sie doch. Wegen des. Zum Beispiel Regens. Oder Mehrbedarfes an Zugeinsätzen. Wegen des anhaltenden Flüchtlingsstromes. Wegen des Krieges. Und wegen des Endes des Sommers. Wegen des Endes des Urlaubs. Obwohl, da ist sie sich nicht so sicher, ob das richtig so ist. Das klingt übertrieben. Außerdem stimmt es nicht. Die einen Menschen kommen aus dem Urlaub, und die anderen Menschen müssen vor Einbruch des Herbstes aus den Zeltlagern. Sie müssen in Hallen oder Gebäude, in andere Lager. Von Osten nach Westen sollen Züge fahren. Und nach Süden. Nach München und Nürnberg. Und bis zur französischen Grenze. Also, am ehesten stimmt wohl: weil der Sommer zu Ende ist und der Krieg nicht.

Es ist sechs Uhr. Um acht müssen sie fertig sein mit

den Notfallplänen für die Sonderzüge, «Da soll es rollen», sagt Jadwiga. «Viel zu tun», sagt sie, aber lässt die jüngere Kollegin keine Entscheidung treffen. Sie lässt sich nicht mal über die Schulter schauen. Nermin denkt, dass Jadwiga bestimmt Anweisungen hat. Es ist vielleicht ganz gut, wenn Nermin nicht weiß, was Jadwiga weiß. Denn wenn sie nichts weiß, hat sie am Ende nichts gewusst. Nermin hat jedes Mal einen Stacheldraht im Bauch, wenn sie an diese Lager denkt, denn ihre Eltern kamen auch damals in Lager, als sie ankamen, und irgendwie sind sie dann nie ganz angekommen.

Nermin geht den langen Flur entlang. Vor ihr her läuft das Taschenlampenlicht wie ein sehr heller Hund. Der Lichthund läuft die Wände hoch. Nermin führt ihn an der rissigen Decke entlang Gassi. Im Flur sind weitere Pfützen unter den Fenstern. Ein Fenster war auf, als es reinregnete, das andere zu. Ist also egal, ob auf oder zu. Was reinwill, kommt rein.

Das Dach ist auch undicht, sagt der Hausmeister, aber der Keller ja auch, winkt er ab, als würde das eine das andere aufheben. Das Haus steht größtenteils leer. Es verfällt, wenn es nicht beheizt wird. Es gibt Vereine, die die Räume gern nutzen würden, aber an dieser Stelle klickt im Ordnungssystem ein Hebel auf: Das geht nicht, weil, das geht nicht, also geht es nicht; deshalb verfällt das Haus.

In den oberen Stockwerken warten gestapelte Tagungsstühle mit Metallbeinen darauf, dass jemand sie entstapelt, im Kreis aufstellt, die Sitzflächen abwischt und sich Menschen darauf fortbilden und kennenlernen. Dort oben ist eine unbeschriebene Tafel. Nermin erinnert sich, wie sie bei Schulungen mit anderen Mitarbeitern dort oben saß. Dieses Geräusch, wenn hundert Klapptische an der Seite der Stühle aus der Metallschiene gezogen werden, dann umklappen und einrasten. Heute sind sie nur noch dreißig Leute hier im Haus. Keine Ausbildungen mehr, keine Schulungen. Angeblich wegen irgendwas.

Die Pläne werden bald komplett von Programmen erstellt, und dann wird nur noch ein Techniker benötigt, der die Maschinen wartet. Vielleicht reparieren sie dann die Fenster, damit die Rechner nicht nass werden. Wenn Nermin Glück hat, kann sie wie Can und Aina von der Zweigstelle in die Zentrale wechseln und dort am Telefon arbeiten. Die bearbeiten die Anliegen aus anderen Bundesländern und wissen gar nichts. Sie nehmen auf und leiten weiter. Wir haben nur weitergeleitet, können sie sagen. Den Programmen wird es egal sein, wenn man sie umprogrammiert. Wie viele Menschen passen in einen Zug?

Nermin pfeift. Sie ist sich nicht sicher, welches Lied das ist und ob die Melodie nicht an der tiefen Stelle eine falsche Abzweigung nimmt.

In der Gemeinschaftsküche schaltet sie das Licht an. Die Energiesparlampe braucht eine Weile. Die Konturen werden langsam klarer. Fünfzehn Jahre arbeitet Nermin für die Bahn, und nie vorher ist sie nachts hier gewesen. Nachts ist alles anders hier, hässlich und falsch. Die Pläne werden sonst immer tagsüber gemacht und weit im Voraus, quartalsweise wird angepasst.

In den anderen Büros ticken die Funkuhren, und die Standby-Augen leuchten im Dunkeln. Bente ist im

Urlaub, Richard krank. Thomas behauptet, dass er krank wäre. Der wollte diese Aufgabe nicht übernehmen. Das mache ich nicht, hat er gesagt und sich krankschreiben lassen. Der weiß auch mehr als Nermin.

Nermin findet nur drei Ersatzgeschirrtücher, und die sind für Geschirr. Sie nimmt einen Stapel von den Papierhandtüchern und pfeift das Lied auf dem Weg zurück gleich einen Ton höher, damit sie an der tiefen Stelle nicht falsch abbiegt. Ihre Mutter hat das Lied früher gesummt. Aus der Heimat, hat sie gesagt, und Nermin hat sich diese Heimat bunt und windig vorgestellt. Alte Bäume, zahme Tiere, ein frischer Himmel, ganz weit.

Sie kann den Text des Liedes nicht. Sie ist ja hier aufgewachsen.

Unter die Fenster legt sie drei Lagen Papierhandtücher. Sie saugen sich sofort voll, und sie legt noch einmal drei Lagen drauf. Die saugen sich genauso schnell voll. Wie lange könnte sie das noch machen? Hat es einen Sinn?

«Was machst du denn da?»

«Der Regen hat hier überall ...»

«Du sollst mir helfen! Ich kann das doch nicht alleine machen.»

Jadwiga steht Modell für eine böse Trickfilmhexe. Diese harte Schraffur der Diätwangen, der Urlaubsmangel, auf den sie auch noch stolz ist, und dieses Alleinerziehende um die Augen herum. Dieses Aufgeopfere und Sichdurchgekämpfe. Dieses Geseufze dabei.

«Ich hab gedacht ...»

«Nicht denken! Mannomann. Wirklich! Ich geh kaputt!»

Als es um die Beförderung ging, hat Hoffmann bestimmt Jadwiga zu sich gerufen und zu ihr gesagt: «So, Frau Krol, schimpfen Sie mal was. Einfach so eine kleine improvisierte Schimpferei … Wie Sie es auch mit Ihren Kindern machen.» Und dann hat er sie über Nermin eingeordnet, denn Nermin würde beim Schimpfen zu viel «Finde ich» und «Glaube ich» sagen.

Jadwiga fragt, wo ihr Kaffee ist.

«Ich war doch wegen dem Lappen. Wegen des Lappens.»

«Macht ja nichts. Diese Gleisbelegung muss jetzt ins Programm eingegeben werden. Erledige das bitte in der nächsten halben Stunde. Dann schaffen wir es bis halb.»

Nermin erledigt das. Sie tippt Zahl um Zahl. Wenn sie es richtig versteht, fahren die Züge alle sehr dicht aufeinander. Zu dicht, findet sie, glaubt sie. Das hätte sie nicht so geplant. Das wird Chaos, glaubt sie. Noch dazu die Demonstranten, die es bis jetzt bei jedem Transport auf der Strecke gegeben hat. Sie blockieren die Gleise und wollen die Leute befreien. Sie sammeln überall in den Innenstädten Unterschriften. Es sind dieselben, die gegen Tiere im Zirkus sind, glaubt Nermin. Die Fotos auf den Flyern sehen sogar ähnlich aus. Dünne Lebewesen, beengte Lebensräume, Zäune und traurige Augen. Vor allem der Nachwuchs der Tiger und Menschen.

Der Regen draußen drischt Sekundenlöcher in die Pfützen.

Angeblich sind die meisten Zelte in den Erstaufnahmelagern undicht, und der Boden soll immer schlammiger werden. Genau weiß Nermin das nicht. Es ist nicht so, dass sie nichts weiß, sie weiß zu viel und darum gar nichts. Alles hebt sich auf. Das eine und das Gegenteil davon. Das andere und der Gegenbeweis. Wer am lautesten schreit und die meisten Fotos hat. Es gibt von allem Fotos, kaputte Zelte, wunderschöne Zelte, und jedes Foto könnte auch woanders aufgenommen worden sein. Angeblich haben sie selbst die Zelte kaputt gemacht, um eine bessere Unterkunft zu erzwingen. Es ist nicht so leicht, ihnen zu helfen. Wenn man ihnen etwas schenkt, dann wollen sie es manchmal nicht. Sie gehören uns nicht, sagte letztens Nermins Mutter. Es sind nicht unsere. Sie müssen nicht machen, was wir wollen. Wir machen auch nicht, was sie wollen. Sie müssen nicht kriechen, verstehst du? So sagte es Nermins Mutter. Die sieht fast nichts mehr und liest keine Zeitung, und trotzdem scheint sie als Einzige durchzublicken. Die Angriffe auf die Lager häufen sich, und darum sollen jetzt nur noch Lager außerhalb von Städten errichtet werden.

«Maximalauslastung», sagt Jadwiga. Meint sich oder die Züge. «Das muss man erst mal hinkriegen.»

Sie oder die Züge.

«Ich bin richtig stolz.»

«Ja?», fragt Nermin.

«Ja!» Jadwiga lehnt sich zurück, schließt die Augen, verschränkt die Arme und streichelt mit der linken Hand ihren rechten Oberarm und mit der rechten Hand ihren linken Oberarm. Wie ein Streichelautomat. Ganz kleine Streichelkreise. «Das ist doch schön, dass wir helfen können», sagt sie. «Bei dem Regen. Das muss doch jetzt schnell gehen.»

Nermin zuckt die Schultern, auch wenn es niemand sieht, nur für sich selbst.

«Wir transportieren innerhalb von drei Tagen sechzig-
tausend Menschen.» Jadwiga unterbricht ihre kleinen
Kreise und öffnet die Augen. «Dass ich das noch erleben
darf.» Sie lächelt. «Dass so schnell etwas getan wird und
so gut organisiert. Dass endlich Entscheidungen getroffen werden. Konsequent.»

«Wie viele sind denn pro Zug vorgesehen?», fragt Nermin.

Jadwiga strammt sich sofort aufrecht. «Du darfst
nicht vergessen, dass die verzweifelt sind. Die freuen
sich doch. Außerdem sind die ganz dünn. Sind ja auch
viele Kinder dabei. Die können auf dem Schoß sitzen.»
Jadwiga beginnt wieder, ihre Kreise auf sich selbst zu
ziehen. «Die wollen sowieso bei ihren Eltern sein. Die
lange Flucht, das fremde Land, und sie wissen nicht, wo
es hingeht. Da wollen die sowieso auf den Schoß.»

Dann hat sie diesen Blick, den Leute mit Kindern
haben, wenn sie Leute ohne Kinder ansehen: Nichts
weißt du. Und das mag auch stimmen, dass niemand
etwas weiß über etwas, dass er nicht erlebt hat. Woher
will Jadwiga wissen, was die Kinder wollen, wenn sie in
den vollen Zügen sind?

«Und wenn die Eltern schlafen wollen?»

«Ach, das geht auch mit Kind auf dem Schoß. Das habe
ich sehr oft gemacht.»

Wieder dieser Blick. Was weißt du ohne Kind?

Was weiß ich ohne Kind?, denkt Nermin. Was weiß
ich ohne Flucht? Und ohne Krieg? Zu Hause zwei Katzen,
und gerade erst so ein Bauchweggerät bestellt für viel zu
viel Geld?

«Ich gehe mir jetzt einen Kaffee kochen.» Jadwiga

steht auf, geht raus, hinterlässt einen warmen Sitz, auf den sich Nermin setzt. «Mit Milch!», flüstert sie.

Sie weiß nicht, ob sie das darf und was sie davon hat, wenn sie es weiß, aber jetzt will sie es wissen. Sie schaut in die Papiere auf Jadwigas Schreibtisch. Die Zahlen sind alle zu hoch. Das ist keine Maximalauslastung mehr. Sie können verklagt werden, und das sollten sie auch.

«Was ist das?», brüllt Jadwiga plötzlich aus der Küche. «Was verdammt noch mal ist das? Ich krieg die Krise.»

Nermin geht den langen Flur entlang, ohne Taschen-lampenhund. Der Regen trollt, als wolle er das Haus zer-hacken.

Jadwiga steht als Vorwurfsstandbild in der Gemein-schaftsküche und zeigt auf ein kleines Schraubglas im Schrank. «Ist das die Spinne von letzter Woche?»

Was brüllt sie denn dann so, wenn sie es schon weiß? Die Spinne von letzter Woche war über die Pläne gelaufen, und Jadwiga hatte gefordert, dass jemand sie erschlägt. Bente rannte gleich weg. Das gäbe einen großen Fleck, sagte Thomas.

Nermin fand, dass man ein so großes Tier nicht ein-fach so erschlagen konnte. Das war keine normale Spinne. Die war echt groß, richtig ein Tier. Nermin ekelte sich auch vor Spinnen, aber nur, wenn sie schnell rannten. Die hockte bloß da. Also hatte sie ein leeres Marmeladenglas geholt. Und als sie wiederkam, hockte die Spinne immer noch auf den Plänen. Nermin begann, mit ihr zu sprechen. «Du darfst dich jetzt nicht bewe-gen. Nicht! Wenn du dich jetzt bewegst, muss ich dich töten. Bleib genau da. Bleib!» Dann hatte sie das offene Glas über das Tier gestülpt. Das blieb hocken. Jetzt musste sie den Deckel irgendwie unter das Tier bekommen. «Nicht bewegen. Du hörst mich nicht, oder? Nicht bewegen! Wenn du eine falsche Bewegung machst, muss ich dich zerquetschen. Bitte, bitte, du darfst jetzt nicht ...» Sie konnte das Glas leicht anheben, den Deckel reinschieben. Das Tier krabbelte auf den Deckel. Fast brav und teilnahmslos. Nermin drehte das Glas um und den Deckel zu. Sicher. Aber was hieß das schon? Sicher? Für wen? Für die Spinne nicht. Dann stellt sie das Glas sofort hin, und dann schüttelte sie den Ekel und die Anspannung ab. Sie beobachtete eine Weile, wie das Tier sehr langsam in dem Glas herumlief und dann begann, ein Netz zu bauen, aber ein ganz kleines, um sich herum. Nermin wusste nicht, wie sie die Spinne freilassen sollte. Wenn sie den Deckel aufdrehte, dann rannte die Spinne ihr möglicherweise über die Hand, und dann würde sie das Tier doch töten müssen, ganz schnell drauftreten.

Nermin brachte das Glas in die Küche und schob es hinten in den Schrank. Vielleicht würde sie es abends in den Keller bringen und öffnen und wegrennen. Dann, am Abend, hatte Nermin nicht nachsehen wollen, wie weit sich die Spinne eingesponnen hatte. Die nächsten Tage bildete sie sich ein, dass sie es schon fast vergessen hätte. Das Tier. Das Glas. Im Schrank. Vielleicht müsste man sie füttern.

«Ich hab dir gesagt, du sollst die erschlagen.» Jadwiga nimmt das Glas und schüttelt es. «Jetzt ist sie sowieso tot.» Sie hält Nermin das Glas hin. Darin rollt eine schwarze Kugel herum. Die Beine der Spinne sind angezogen und die Spinne nicht mehr groß.

«Wenn ich sie erschlagen hätte, wäre sie doch auch tot gewesen.»

«Aber so ist sie verhungert oder erstickt. Kenn mich ja mit Spinnen nicht so aus.» Jadwiga rührt in ihrer Tasse, zuckt die Schultern und geht zurück ins Büro. Als hätte sie nichts damit zu tun.

Nermin lässt die Spinnenkugel im Glas herumrollen. Dann wirft sie das Glas in den Müll. Wie es ist. Ungeöffnet.

Es ist um acht.

Ab jetzt rollen die Züge.

Keinjobcenter

Hartzvierwitz:
Ein geschecktes Huhn, ein alter Specht und ein Frauenarzt
aus dem Westen gehen in eine Höhle. Da ist es so dunkel, dass
keiner von ihnen jemals wieder hinauskommt. Sie verirren sich
und verhungern.

Ich war vor ein paar Jahren in eine blöde Lage geraten.
Sagen wir mal, das ganze Jahr fühlte sich an, als wäre
ich wie Obelix als Kind in einen Topf mit Zaubertrank
gefallen, nur dass mein Zaubertrank nicht stark machte,
sondern ab dem fünfunddreißigsten Lebensjahr un-
glücklich. Erst ging es mir persönlich schlecht, dann
beruflich, denn persönlich ging es mir so schlecht, dass
ich meinen groß angekündigten Roman beim großen
Verlag nicht zum Abgabetermin beenden konnte. Kein
Buch, kein Geld.

Ich war verschuldet und hielt es für eine gute Idee, das
Jobcenter um Hilfe zu fragen. Eine gute Idee ist es, gegen
einen Stromzaun zu pullern, aber nicht, zum Jobcenter
zu gehen, wenn man Hilfe braucht.

An der U-Bahn-Station in der Nähe des Jobcenters
reihte ich mich ein in die Wanderung der Bedürftigen.
Alles strömte Richtung hässliches Gebäude. Auf den
letzten Metern zog das Tempo an, weil jeder versuchte,
einen Platz weiter vorne in der Schlange zu ergattern. In
welchen Zaubertrank waren die anderen Menschen als

Kinder gefallen? Welche Erfahrungen, Enttäuschungen, Verfehlungen, Konzentrationsstörungen, Krankheiten, Feinde, Irrwege und Drogen haben sie hierhergebracht? Sind sie dieses arbeitsscheue Pack? Ich war es jedenfalls nicht. Ich wollte eine Aufstockung beantragen, und zwar für ein halbes Jahr, denn dann sollte der Roman fertig sein und wieder Geld fließen.

Hartzvierwitz:
Ein Schriftsteller, eine Spinne und Honecker spielen Reise nach Jerusalem. Die Spinne gewinnt und sagt: «Ausreisegenehmigung.»

Vor mir in der Schlange stand eine junge Mutter mit zwei Kindern. Eins saß im Wagen, eins trudelte herum und entdeckte die Welt. Joceylin. Das wusste ich sehr schnell, weil die Mutter Jocelyn oft rief. Das andere Kind im Wagen hieß Jasmin und spuckte ständig den Schnuller aus. «Na, spielst du Arbeitsamt?», fragte die Mutter und hob den Schnuller auf. Jasmin lachte und spuckte den Schnuller aus. Die Mutter fing ihn auf und begann, mit Sanktionen zu drohen: «Noch einmal, und ich kürze dir den Schnuller, und dann heulste wieder!» Sie hatte die beiden Kindsnamen auf ihre Fußknöchel tätowiert. Mir fiel die Formulierung «Klotz am Bein» ein.

Die Zeit verging langsam, so langsam, als müsste für jede Minute ein Antrag ausgefüllt und genehmigt werden, damit sie vergehen konnte.

Schwangere Frauen dürfen übrigens an der Schlange vorbei und vorgehen. Frauen mit Kindern nicht. Jasmin weinte und wollte nach sieben Keksen keine Kekse mehr. Jocelyn turnte hinter der Absperrung herum. Bald wusste jeder im Raum, wie das Kind hieß. Ich schwitzte solidarisch mit der jungen Mutter mit.

Irgendwann war sie endlich dran und ging zum Empfangstresen. Ich konnte zusehen, wie ihr Rücken hart wurde, dann weich, dann rund. Zusammengeknüllt wie Müll ging die Mutter weg und rief das ältere Kind, als wär's ein böser Hund. Irgendetwas in ihren Unterlagen fehlte oder war falsch. Noch nie habe ich jemanden gesehen, der so sehr nach «wieder kein Geld» aussah wie diese junge Mutter. Erst jetzt sah ich, wie jung sie war. Ich wollte ihr ein Eis kaufen, einen Keks geben, ihr den Schnuller reinstecken und, wenn sie ihn ausspuckte, mit ihr Arbeitsamt spielen.

Hartzvierwitz:
Ein Drache kommt in eine Apotheke und sagt zum Apotheker: «Ich habe so ein Brennen im Hals.» Sagt der Apotheker: «Na, das haben Sie sich aber selbst zuzuschreiben.» Sagt der Drache: «Ich kann doch gar nicht schreiben.» Sagt der Apotheker: «Das haben Sie sich aber auch selbst zuzuschreiben.»

Als ich nach der jungen Mutter dran war, ging ich zu dem Menschen hinterm Empfangstresen. Dieses Gesicht hatte viel zu viele Aufgaben: zeigen, dass man hart arbeitet, dass man es auch schwerhat, *obwohl* man Arbeit hat bzw. *weil* man Arbeit hat, dass man seine Pappenheimer schon kennt und dass man konsequent und aufrichtig hier an der Front der Geldverteilung kämpft. Vielleicht hatte die Frau an dem Morgen auch einfach

Zahnschmerzen. Ich informierte sie, dass ich selbständig sei und Aufstockung für ein halbes Jahr beantragen wolle.

In ihren Augen war deutlich zu lesen: «Ach, dieser Mensch vor mir arbeitet? Sie ist eine von uns.» In meiner Pubertät war ich einst ein paar Jahre über meine Mutter privat krankenversichert. Oft genug hatte ich damals beobachtet, wie eine einzige kleine Information ein Routinegesicht mit einem fast liebevollen Ausdruck überzuckerte. Die Frau vom Empfangstresen entschuldigte sich bei mir, dass ich trotz meiner Selbständigkeit eine Beratung über mich ergehen lassen müsste.

Die Frau in der Beratung war auch sehr nett zu mir. «Ach, Autorin? Das ist ja spaaaannend.»

Ihr Zimmerfenster war offen, draußen ging ein Frühlingslüftchen, und die ganze Zeit bellte ein Hund im Hof.

«Was denn für Bücher? Romaaaane. Toll.»

Der Hund bellte und bellte. Die Frau fragte und fragte. Als sie kurz Unterlagen holen ging, trat ich ans Fenster und hielt Ausschau nach dem Hund. Da waren drei Hunde, nur einer von ihnen bellte.

Als die Frau wieder reinkam, fragte ich, ob alle Hunde der Jobcenterkunden im Hof angebunden würden. Sie nickte und seufzte.

«Dann hören Sie das Bellen ja oft», sagte ich, und sie tat mir leid. Sie nickte und zuckte die Schultern.

«Könnte man dort nicht Wassernäpfe hinstellen für die Hunde?», fragte ich.

Sie nickte eifrig. Das würde sie mal vorschlagen. Ja, die armen Tiere.

Und könnte man nicht auch unten eine Spielecke einrichten, fragte ich weiter, damit Eltern mit Kindern sich in Ruhe ihren Anträgen widmen könnten, während die Kinder in einer kleinen Kinderecke spielten? Vor mir habe unten eine junge Mutter mit zwei Kindern angestanden, und für die Kinder sei das schwer gewesen, das lange Warten.

Schon während ich sprach, waren durch ihr Gesicht mehrere Versionen von «nein» geklackert. Junge Mutter, da wusste sie schon Bescheid, mit zwei Kindern, alles klar. Sie schüttelte den Kopf. «Ich will ja nicht alle über eine Klinge springen lassen, aber …»

«Über einen Kamm scheren, meinen Sie», verbesserte ich.

Sie nickte. Trotzdem, das sei nicht ihre Verantwortung. Die Mutter habe für Betreuung zu sorgen. Die bringen ja die Kinder extra mit, weil sie hoffen, dass sie dann vorgelassen werden.

Bin ich froh, dass ich keine Vorurteile gegen Jobcenterangestellte hatte, sonst wären sie ja jetzt bestätigt worden. Ich kenne nämlich auch meine Pappenheimer.

Der Hund bellte und bellte.

Hartzvierwitz:
Was ist der Unterschied zwischen Hunden und Kindern?
Hunde essen immer auf.

Ich bekam viele Anträge ausgehändigt: Anlage A, Beiblatt zu Anlage C, Ausführhilfe, Sonderblatt, Faltanleitung für einen Papiersarg.

Als ich gehen wollte, fragte mich die Beraterin: «Und

wollen sie auch den monatlichen Hartzvierwitz beantragen?»

«Was?», fragte ich verwirrt.

«Es ist so, die Leitung hat beschlossen, dass Hartzvier-
empfängern ein Witz im Monat zusteht. Das entspricht
der Grundsicherung an Humorleistung.»

«Sind die denn witzig, die Hartzvierwitze?», fragte ich.

«Die sind zum Totlachen.»

Ich ging nach Hause, der Ort, wo es warm und sicher
ist.

Draußen immer noch eine Schlange von Menschen,
die Hilfe brauchen.

Zu Hause legte ich den Antrag erst einmal drei Tage
lang an eine Stelle, wo ich ihn nicht sah, denn so erledige
ich Dinge, für die ich sieben Tage Zeit bekomme.

Am vierten Tag holte ich den Antrag raus und überlegte, wie schön es sein müsste, ein Nagetier zu sein.
Man zernagte den Antrag und hätte ein neues Nest.

Für Leistungen vom Jobcenter musst du leiden. Das
musst du nachweisen, und dann musst du erst recht
leiden. Leiden gegen das Leiden. Ein Konzept wie Salz-
pflaster. In dem Antrag sollte ich beweisen, wie schlecht
meine Auftragslage war. Könnt ja sonst jeder kommen,
sagen die immer, sagen: Könnt ja sonst jeder kommen.
Und wo kämen wir denn hin, wenn jeder käme?

Freunde sagten mir: «Du musst dein Konto leer
machen. Ganz leer.»

Ich sagte: «Aber die Miete. Meine Versicherungen.
Die Kitakosten. Das ist doch sowieso schon geborgtes
Geld.»

Freunde sagten: «Mach das weg. Versteck das.»

«Aber dann ist doch auf meinem Konto nichts.» Meine Stimme schlotterte.

«Du musst hoffen, dass das Amt schnell genug bezahlt.»

«Uff!», sagte ich. «Das ist aber unangenehm.»

Wie arm muss ein Mensch sein, um arm zu sein? Wie wenig darf ein Mensch haben, um Hilfe zu bekommen?

Hartzvierwitz:
Drei Frauen reden über ihre Männer. Sagt die eine: «Meiner will immer.» Sagt die andere: «Meiner will nie.» Sagt die dritte: «Meiner heißt Willie.»

Der Antrag war schlimmer als zwei Steuererklärungen. Da ich wechselnde Auftraggeber habe, ist das bei mir immer sehr viel Papierkram. Anstatt den Roman zu beenden, den ich beenden musste, saß ich auf dem Boden und sortierte mein letztes Jahr. Bei einigen Sätzen im Antrag gelang es mir nicht, ihnen ihre Bedeutung zu entlocken. Ich schlug nach in Deutsch–Amtsdeutsch, Amtsdeutsch–Deutsch, doch trotz erhöhter Bemühung um Verständigung blieben mir Sachlage A wie U ungeklärt.

Ich trug meine Papiere zu einer Beratungsstelle, wo ehrenamtlich geholfen wird, Anträge zu besiegen.

Eines Tages werde ich ein kompliziertes Computerspiel programmieren:

«Jobcenter. Bist du zäh genug?
Du brauchst alle Anträge, alle Nachweise und musst das richtige Zimmer finden. Die Flure sind lang, und in

den Wartezimmern verlierst du drei von deinen sieben Leben beim Warten.
Die ersten drei Levels des Keinjobcenterspiels:
Level eins: Gehe hin, hole den Antrag. Bist du tough genug?
Level zwei: Fülle den Antrag aus. Erkenne deine Grenzen.
Level drei: Gehe zur Beratungsstelle. Eine Unterkategorie der Engel wird dir helfen.»

Ein Schild auf ihrer ausgeblichenen Bluse verriet mir, dass sich Frau Würzebesser meiner angenommen hatte. «Hier ist eine Unterschrift zu leisten», schnarrte sie, als wäre sie ein großes Kissen mit Gegensprechanlage. In ihrem Gesicht das weise Nichts, welches bereits alles gesehen hatte. Gegen Frau Würzebesser ist unsere Kanzlerin eine wilde Feuersbrunst. Trotzdem und deshalb gehörte dieser Frau sofort mein ganzes Herz. Still und emsig half sie. Sie blätterte sich durch mein mieses Jahr. Alles stand da: das immer kaputte Auto, die kaputte Beziehung, die Trennung, der verschobene Roman, der Kummer mit der Kita, der Kitawechsel.

«Zahlt er Unterhalt?», fragte sie.

Ich schüttelte den Kopf.

«Ist er noch bei Ihnen gemeldet?»

Ich nickte.

«Dann gibt's auch keinen Unterhaltsvorschuss.»

Sie schaute mich frei von Wertung an. Sie dachte nichts, empfand kein für mich unerträgliches Mitleid und auch keine Abscheu. Ich liebte sie sehr in diesem Moment.

«Alles nachrechnen», sagte sie, bevor der Moment zu romantisch wurde. Sie verwickelte ihre weichen Arme, als ob eine Tiefseemuräne um die andere kroch.

«Haben Sie vielleicht einen …?»

Traurig schüttelte sie den Kopf: «Nein, wir haben keine Taschenrechner. Die bekommen wir nicht gestellt.»

«Gut, ich gehe in den Aufenthaltsraum, um alles in Ruhe nachzurechnen. Gibt's irgendwo Kaffee?»

«Nein, wir haben hier keine Kaffeemaschine und keinen Automaten. Das haben wir beantragt.» Frau Würzebesser nickte so knapp, dass es geradeso den Grundvoraussetzungen für Nicken entsprach.

Der Mangel an Kaffee stimmte mich so traurig, dass ich weinen mochte, aber ich hatte den passenden Antrag nicht bei mir, und bestimmt bekamen sie in der Beratungsstelle keine Taschentücher gestellt. Außerdem sollte ich in meiner Situation weder Flüssigkeit noch Salz verschwenden, beschloss ich, denn bestimmt war nur einmal Weinen pro Woche vorgesehen.

So wie Frau Würzebesser gesagt hatte: «Das haben wir beantragt», klang es wie: «Wir haben es in eine Felsspalte geflüstert.»

Hartzvierwitz:
Was ist das Lieblingselement von Vampiren?
Blutonium.

Ich wollte Frau Würzebesser etwas Gutes angedeihen lassen, aber ich befürchtete, dass sie genug Pralinen gegessen hatte und mit einem Blumenstrauß nur den Staub von den Akten wedeln würde.

«Gut, ich gehe Taschenrechner kaufen, drüben bei diesem Billigladen. Wie viele soll ich mitbringen?», schlug ich vor.

Kurz blitzte etwas in ihren Augen. «Nein, nein», winkte sie ab. «Das Amt soll uns welche stellen. Irgendwann werden sie es tun. Wir können warten.»

Ich verstand. Es ging ums Prinzip.

Das hier war was Buddhistisches.

Ein Kampf der Geduld.

Ich hatte einmal einen Meeresfilm gesehen, in dem Seesterne sich bewegten. Man hatte die Aufnahme schneller abgespielt, und wirklich: Sie krabbelten hin, sie krabbelten her.

Frau Würzebesser, die Beratungsstelle, das Amt: Alles hatte Seesterntempo.

Ich kann überhaupt nicht gut warten. Nachdem mein Antrag für ein halbes Jahr Aufstockung abgegeben war, verging ein halbes Jahr, bis ich welche bekam. Warten ohne Geld auf Geld ist schlimm, und schlimm ist untertrieben. Ich dachte manchmal an Frau Würzebessers verschlungene Arme, und so ließ sich das Warten aushalten.

Hartzvierwitz:
Eine Schnecke kauft einen Cabrioletflitzer.
Dann bekommt sie Schnupfen.

Im Computerspiel «Jobcenter. Bist du zäh genug?» folgten nun

Level vier: Warteschleife
und Level fünf: verlorene Unterlagen
und Level sechs: Telefonate
und Level sieben: Würde bewahren.

Was kann schon passieren, wenn man so einen Antrag auf Unterstützung endlich ausgefüllt hat?

Sie können ihn ablehnen. Okay.

Er kann in der Hauspost verschwinden? Quatsch! DOCH! Doch, doch, doch, kann er.

Ich hatte meinen Antrag hingebracht und in die Hauspost geworfen, das Portal ins Paralleluniversum, wo alles genauso ist wie in unserer Welt, auf die wir uns geeinigt haben, alles genauso, nur das Wort für Jobcenter ist «Ole-ole-die-Post-ist-weg».

Ich wartete einen Tag ohne Geld, eine Woche ohne Geld. Statt Geld kam ein Brief von Amt, der schon beim Öffnen Militärmusik schmetterte und im gewohnten Strammstehen-sonst-Schimpfe-Tonfall verfasst war. «Ihre Unterlagen, Frau Fuchs, wo sind denn die, häh? Bitte reichen Sie diese ein bis zu dem Tag, den wir nennen: gestern!»

Ich verbrachte einen Tag mit dem Telefon am Ohr. Die Warteschleifenmusik des Amtes war ein Stück, das auf Gitarrensaiten aus Katerhoden gespielt wurde. Ich stellte mir vor, wie es einmal eine Maßnahme für Musiker gegeben hatte, in der dieses Stückchen Wartequälerei entstanden war. Den Musikern wären sonst die Bezüge gekürzt worden, und was will man mit gekürzten Bezügen? In gekürzte Bezüge passt ja kein Kissen mehr rein, und man liegt ganz unbequem.

Als ich dachte, ich wäre nun tot und in der Hölle wäre die neue Strafe diese Warteschleife – da war ich plötzlich dran. Ich war dran! Eine menschliche Stimme sprach zu mir! Eine echte! Leider wollte sie eine Nummer von mir, und wenn ich keine Nummer hätte, könnte ich auch keine bekommen, denn man bräuchte ja erst einmal eine Nummer, um eine Nummer zu bekommen.

Den restlichen Tag dachte ich darüber nach, ob beim Amt weder Huhn noch Ei entstanden wären, weil einfach kein Antrag auf Schale gestellt worden war.

Beim nächsten Telefonat erfuhr ich die Beruhigungsformeln für wütende Antragsteller: Man würde in drei Tagen den Abteilungsleiter informieren.

Würde, würde, dachte ich, würde Würde ich noch haben, würde ich euch nicht brauchen.

Würde, würde, schwere Bürde.

Sollte, sollte, Hass und Revolte.

Hätte, hätte, Antrag weg.

Einen Schimpfbrief, in welchem von «umgehend» und «kein Anspruch» die Rede war, sowie zwei Telefonate später waren meine Unterlagen irgendwie wieder aufgetaucht. Kuckuck, hatten sie gerufen und waren beim Hausmeister aus dem Papierkorb gehopst.

Aber natürlich fehlte etwas.

Whuhuhaha, lachte ich hysterisch, als ich erfuhr, dass meine Kontoauszüge ja nun nicht mehr aktuell wären. «Wessen Schuld ist denn das?» wollte ich brüllen, aber ich weinte stattdessen ganz leise in das letzte winzige Taschentuch, das mir geblieben war, das ich aus alten Socken gefertigt hatte, zwischendurch auswusch und mit Körperwärme trocknete, um Heizkosten zu sparen.

Ich sollte die Kontoauszüge faxen, riet der Mensch vom Amt. Das ginge schneller und landete gleich beim Richtigen. Und so tat ich wie mir geheißen.

Dann hieß es wieder warten und Instantwasser trinken.

Hartzvierwitz:
Ein Zauberer fährt in den Urlaub und packt in seinen Koffer ein
Kaninchen, ein Kaninchen, ein Kaninchen und ein Kaninchen.
Außerdem ein Tuch, ein Tuch, ein Tuch, ein Tuch, ein Tuch und
ein Tuch.

Ich war schon immer ein freundlicher Mensch und wartete auch jetzt, statt zu drängeln, denn die Menschen
vom Amt sind ja auch Menschen, und man soll sie nicht
anschreien (auch wenn's schön wäre. Für einen selbst.
Für die eben nicht). Sicherlich werden sie irgendwann
auch von Maschinen ersetzt werden, und diese werden
freundlich die ganzen Anträge ausfüllen.

Dann rief ich doch an und fragte nach. Ein Fax von mir
sei nicht angekommen. Der sicherste Weg sei, alles persönlich vorbeizubringen und in den Hausbriefkasten zu
werfen. Bei dem Wort Hausbriefkasten platzte mir die
Hutschnur – falls so die Sehne heißt, die normalerweise
den Mittelfinger der rechten Hand in entspannter Pose
hält. Aber plötzlich: «Peng», mein Mittelfinger schnellte
hoch, und ich war ernsthaft innerlich zerzaust und
benutzte ein wenig meines Unflatvokabulars. Sie versuchten, einen isoliert lebenden Kettenhund mit einem
bunten Ball abzulenken. Sie warfen mir wieder das Wort
«Abteilungsleiter» hin und hofften, ich würde damit
spielen gehen. Ich polterte: «Sie können doch nicht zu
mir sagen: Sie finden also, Ihr Arsch brennt? Wenn er in
drei Tagen noch brennt, dann rufen wir den Feuerwehr-
hauptmann an.»

Doch, das könnten sie, versicherten sie mir, und ich
solle in drei Tagen noch mal anrufen.

Ich schlief zwei Nächte später mit dem Telefonhörer am Ohr, um morgens gleich die Erste zu sein. War ich auch. Kleine Erfolgserlebnisse wurden zunehmend wichtig für mich. Ein Fax von mir sei aber trotzdem nicht da. Und ich solle außerdem alle, alle, alle Ausgaben noch mal in eine Tabelle schreiben, die sie sich ausgedacht haben: sortiert nach Wörtern mit R, Wörtern mit mehr als sieben Buchstaben, Ausgaben über einem Euro, Ausgaben, die ich an geraden Tagen getätigt habe, und dann bitte alles einmal durch den Reißwolf und anschließend wieder zusammenkleben.

Papiere gingen hin und her, aber nicht diese Papiere, die wir als Geld benutzen.

Whahahaha, weinte ich mich in eine Weinmeditation. Kehrte geläutert als besserer Mensch zurück, nur war das letzte Hemd nass.

Ich hatte keine Erleuchtung, aber eine Vision: Eines Tages werden die Bäume ihre Wurzeln aus der Erde ziehen, in Brandenburg, im Speckgürtel von Berlin, im Stadtpark, an der Kastanienallee, Unter den Linden. Und sie werden zu Tausenden die Straßen entlanggehen, Wurzelschritt für Wurzelschritt, still hintereinander. An einigen Kreuzungen werden sie sich aufteilen und dann in einzelnen Trupps weitermarschieren zu den Jobcentern der Stadt. Sie haben seit Jahrtausenden nicht mehr gesprochen, aber jetzt wollen sie mit ihren Ästen auf den Tisch hauen und sagen: «Hört auf mit diesen Mahnungen, diesen Aufforderungen und dreifachen Kopien, diesen Nachweisen und Vorladungen. Hört auf. Ihr zerstört Mensch und Baum und Freude und Zeit. Es muss ein Ende haben. Ihr sollt froh sein, und wir wollen leben. Ihr doch auch. Dazu seid ihr da. Habt ihr das vergessen?» Aber als die Bäume gerade durch die Eingangstür wollen, kommt ein Mitarbeiter des Jobcenters und sagt: «Vorschrift 123b/irgendwas. Ziehen Sie eine Nummer.» Das sagt er zu allen Bäumen, den Eichen und Pappeln und Birken. «Hier wird nicht reingewurzelt und philosophisch getan. Und nehmen Sie Ihre Kronen ab, sonst zerstören Sie unsere Leuchtstoffröhren.»

Also nehmen die Bäume ihre Kronen ab.

Und schweigen ab nun wieder.

In dieser Zeit spielte ich noch zweimal «Ich packe meine Unterlagen und gehe zum Jobcenter».

Ich gehe zum Jobcenter und packe meine fehlenden Unterlagen und eine Zwiebel ein.

Ich gehe zum Jobcenter und packe meine fehlenden Unterlagen, eine Zwiebel und ein Messer ein.

Ich setze mich ins Wartezimmer, ziehe eine Nummer, schneide Zwiebeln und weine.

Oder ich weiß nicht ... was könnte man mit einem Messer sonst noch machen?

«Wenn Sie verzweifelt sind, drücken Sie die Eins, wenn Sie sich hilflos fühlen, drücken Sie die Zwei, wenn Sie Mordphantasien haben, kommen Sie bitte persönlich vorbei.

Sollten Sie Selbstmordphantasien haben ... tuuuuuuut.»

Bis ich Geld bekam, verging genau das halbe Jahr, für das ich Unterstützung benötigte. Ich konnte am Ende also geradeso das Geld zurückgeben, das ich mir zusammengeborgt hatte, um das halbe Jahr zu überstehen.

Das Leben ist rätselhaft und groß und klein.

Hartzvierwitz:
Gott geht in den Handyladen an der Ecke und bittet den Handy-
ladenbesitzer, dass er ihm die Empfängnisverhütung für sein
neues Smartphone einstellt.

Ich stelle mir vor, ich hätte diese ganze Jobcenterodyssee erlebt ohne Beruf, ohne Arbeit, die auf mich wartet, ohne Aussicht darauf, dass es finanziell bald wieder besser läuft, mit weniger oder gar keinen Deutschkenntnissen, vielleicht ganz allein, eventuell krank, mit einem Kind mehr oder zwei und ohne den Trost, am Ende wenigstens drüber schreiben zu können.

Wie mag das sein?

Und dann diese Vertrösterei.

Wenn ein Mensch gezwungen ist, um Hilfe zu bitten, dann ist das für ihn unangenehm genug. Wenn alle Menschen, die um Hilfe bitten, sehr ausführlich nachweisen müssen, dass sie berechtigt sind, diese Hilfe in Anspruch zu nehmen, dann sollte das Miteinander freundlich und menschenwürdig sein. Sonst gerät der hilfesuchende Mensch unter den Generalverdacht der Erschleichung. Und es ist nicht in Ordnung, es hilfesuchenden Menschen so schwer wie möglich zu machen, in der Hoffnung, dass einige die Hoffnung verlieren, aufgeben, woanders um Hilfe fragen, sich dumm fühlen oder glauben, dass sie kein Recht auf die Hilfe haben.

Ich hab keinen Schluss.

Es ist ja auch nicht vorbei. Für mich vielleicht, aber für andere nicht.

Onkel

Am Stadtrand, wo es zwei Grad kälter ist als in der Innenstadt, warte ich nachts an der Endhaltestelle des Busses, als letzter Mensch der Welt. Der Bus steht schon bereit, aber der Fahrer schläft, und der Fahrplan gibt ihm noch zehn Minuten. Vielleicht hat ihn auch ein Herzinfarkt über das Lenkrad gelegt. Er hängt, seit ich hier stehe, unbeweglich drüber.

Immer derselbe Stress, wenn ich Diana besuche. Sie kommt nie rein in die Stadt. Keine zehn Pferde bekommen sie dahin, sagt sie. Es fahren inzwischen auch Autos und Busse, sage ich dann immer. Sie ist so altmodisch. Sie ist rausgezogen und lebt mit Sohn, drei Katzen, einer Schreckschusspistole und einem Brotbackautomaten in einem stillen Haus. Ein Wunder, dass sie nicht Pfeil und Bogen neben der Tür hängen hat. Ich schluckte alles runter, was ich darüber wirklich dachte, und fuhr mit geblähtem Bauch nach Hause, um dort mit Andreas meine Realität wiederherzustellen. Ich würde nachspielen, was Diana gesagt hatte, und vor allem, wie. Und Andreas würde dann seinen Kopf schütteln. Es wäre Kindesmisshandlung, wenn ein Kind in der Stadt aufwächst, hatte Diana gemeint. Ich schüttle auch den Kopf. Und jetzt stehe ich auch noch hier rum wie ein neben das Nest gelegtes Ei und wartete auf den Bus der Hoffnung. Die Dämmerung greift langsam vom Park aus an. In zwei Häusern gegenüber leuchten mehrere Fenster zeitgleich auf. Punkt acht. Zeitschaltuhren, weil die Leute verreist sind. Im Gebüsch liegen die Einbrecher und lachen.

Von links kommt die hohe dünne Gestalt eines schnell hochgewachsenen Jungen, wasserabweisender Stoff raschelt, auf Gesichtshöhe glimmt ein roter Punkt. Er läuft mit einem unsichtbaren Pferd zwischen den Beinen.

Von rechts kommen zwei weitere Gestalten mit weiteren glimmenden Punkten. Sie reiten einmal durch das Licht der Bushaltestelle. Die Oberkörper schaukeln. Die Köpfe nicken. Vierzehn, schätze ich. Da hat der Körper seine Höhe erreicht, aber der Geist reicht bis zum Knie. Ihre Gesichter sind gelangweilt. Man kann sich kaum vorstellen, dass sie vor gerade mal zwei Jahren noch ganz außer sich waren vor Freude über einen Frosch im Löschteich. So alt ist Kasper, Dianas Sohn. Wie kann man seinen Sohn Kasper nennen? Sie heißt mit Nachnamen Rehlein. Andreas und ich haben die Köpfe geschüttelt.

Die Jungs klatschen ihre Hände in spezieller Weise aneinander. Guten Tag sagen, ohne zuzufassen.

«Hey.»

«Na?»

«Grüß dich.»

Kurz sehen sie in meine Richtung und schätzen mich ein. Dann schauen sie wieder weg. Es scheint entschieden: Ich raffe nix. Ich war schon immer erwachsen und habe keine Ahnung, was abgeht.

«Hast du was?»

«Nee.»

«Scheiße. Wo kriegen wir was her?»

«Weiß nich.»

«Scheiße, ey.»

Ihre Stimmen fahren im Pendelverkehr zwischen Kind und Mann. Ich höre, dass ihre Bärtchen kein Wald sind, sondern eher Gestrüpp und Lichtungen. Sie rotzen auf den Boden.

«Du hast gesagt, du hast was. Du hast gesagt, wir treffen uns und du hast was.

«Ja, ich hab aber nix.»

«Na ja, warum denn?»

«Hab eben nix.»

«Scheiße.»

«Echt, Scheiße.»

«Na, find ich ja selber.»

«Kannst du dir ein' drauf runterholen. Du hast gesagt, du besorgst was.»

«Ja, hab ich aber nich. Was jetzt?»

«Ja, is aber scheiße.»

«Und?»

«Ja, was?»

«Na, dann müssen wir was besorgen.»

«Sieht so aus.»

«Scheiße.»

«Mann, Alter, du hast gesagt, du besorgst was, und jetzt is nix da. Is doch Scheiße.»

«Ja, isses.»

«Ja, is aber nu so. Was soll ich'n jetzt machen? Soll ich jetzt ... weiß nich. Was soll ich denn jetzt machen? Soll ich auf die Knie gehen und um Verzeihung betteln? Oder was soll ich machen? Oh, bitte, bitte, Basti, verzeih mir.»

«Is klar, Janni.»

«Immer noch Jan.»

«Ja klar, Janni.»

Die Jungs bewegen weit ihre Arme zu ihren spärlichen Worten. Ich überlege, ob sie jetzt drei Jahre lang so weiterreden, und dann erst kommt der nächste Entwicklungsschub. Dann reicht ihr Geist bis zum Schritt, und sie reden darüber, wer wen geknattert hat und dass Franziska aussieht, als ob sie alles in den Mund nimmt, was nicht nach drei Uhr auf dem Baum ist. Basti und Janni also. Nur den Namen vom Dritten weiß ich noch nicht.

«Na, Fakt is, wir brauchen was. Wenn wir ohne was ankommen, gibt's echt Ärger.»

«Ja, pass auf, wir gehen zu Onkel und fragen.»

«Was?»

«Pass auf, wir gehen zu Onkel und besorgen ein bisschen mehr ...»

«So 'ne Scheiße.»

«Lass mich ausreden.»

«Is doch Scheiße.»

«Wir gehen zu Onkel und ...»

«Kannste alleine machen? Ich komm da nich mit.»

«Wir holen mehr und vertickern das. Dann machen wir noch Gewinn.»

«Du willst zu Onkel? Alter ... zu Onkel?»

«Klar, wir gehen zu Onkel.»

«Wir gehen zu Onkel und fragen einfach? Ach, blabla, wir ham gehört ...»

«Na ja, warum nich? Liegt doch auf'm Weg.»

«Und wenn weiß ich was auf'm Weg liegen würde ... Ich meine, ich geh doch nicht überallhin, weil's auf'm

Weg liegt. Was'n das für'n Scheiß? Du bist'n Penner. Kirche liegt auch auf'm Weg. Alter, ey.»

«Wir sind doch zu dritt. Gehen wir zu dritt rein. Dann muss sich keiner einscheißen.»

«Ich scheiß mir nicht ein.»

«Klingt aber so.»

«Ich scheiß mir nicht ein, aber ich muss doch da nicht hin. Du hast gesagt, du besorgst was.»

«Ja, hab ich aber nich.»

«Hör auf, dir einzuscheißen.»

«Ich scheiß mir nicht ein.»

Sie reden immer lauter. Dann werfen sie sich Blicke zu und werden wieder leiser. Sie sehen kurz zu mir, drei Marionetten, deren Köpfe mit nur einem Faden gespielt werden. Es ist klar: Ich raff nix. Eine irgendwas Frau von irgendwo, bürgerlich und nie jung gewesen. Sie sind so jung, dass sie glauben, dass vor ihnen niemand jung war.

Sie beginnen, sich gegenseitig an die Beine und in die Hintern zu treten. Mit Knien und Füßen. Mit beiden Händen und viel Schwung stößt einer der Jungen einen anderen Jungen auf die Straße.

«Mann, Chris, du Sack ey. Wenn jetzt ein Auto gekommen wäre.»

«Ja, is aber nicht.»

«Oh, hat deine Mami dir verboten, überfahren zu werden?»

Die anderen beiden Jungen lachen.

Chris also. Der Busfahrer erwachte von den Toten. Während ich meine Monatskarte im Portemonnaie suche, kommen die drei auf meine Seite der Dunkelheit gelaufen, einmal quer durchs Licht. Eine gelbe Wollmütze, eine Babyspeckbacke und ein Brotkantenkopf. Chris, der Sack, Janni und Basti. Die Drucklufttüren vom Bus gehen auf. Gelbe Wollmütze, Babyspeckbacke und Brotkantenkopf zeigen ihre Schülerausweise. Ich setze mich in ihre Nähe. Kann sie jetzt sehen und hören. Eine Weile reden sie über ein Spiel, in dem sie unterschiedliche Levels erreicht haben. Dann haben sie vergessen, dass ich in ihrer Nähe sitze.

«Also, was jetzt?»

«Ich würd sagen, wir gehen zu Onkel.»

«Ja, klar, gehen wir zu Onkel. Hi, Onkel. Kumpels ham gesagt, du vertickst in großen Mengen. Lass uns mal 'n Rucksack mitnehmen. Hier, den kleinen Janni kannste in Arsch ficken zum Dank.»

«Ey, hör uff. Wenn, dann kann der dich in Arsch ficken.»

«Nee, ey.»

«Alter, ich meine, das ist Onkel. Onkel is Onkel. Du weißt, was man über den sagt.»

«Ja, jeder weiß, was man über den sagt. Onkel is Onkel.»

«Trotzdem, Alter, so schlimm ist er auch nicht.»

«Ey klar, alle sagen, der is voll komisch drauf, und du sagst, nee, der is total nett.»

«Ich war schon da.»

«Du warst schon mal da?»

«Klar war ich schon mal da.»

«Im Garten oder im Haus.»

«Nee, richtig im Haus.»

«Du spinnst.»

«Nein, ernst. Ich war im Haus. Ich hab was abgeholt.»

«Du hast was abgeholt?»

«Ja.»

«Ich denk, der gibt immer nur in großen Packen raus.»

«Tut er ja auch.»

«Und du bist mit 'nem großen Pack durch die Siedlung gelatscht. Is klar. Einfach so die Straße lang. Padimpadim. Haste dir ein Liedchen gepfiffen und so.»

«Echt. Ich hab da was für Bill abgeholt.»

«Für Bill, is klar.»

«Na, wenn ihr's nich glaubt, fahren wir hin. Onkel wohnt Ahornstraße. Das is 'n weißes Haus. Vorne is ein scheißgroßer Garten. Da sind die Hunde. Aber wenn man vorher klingelt und draußen an der Gegensprechanlage sagt, dass Bill einen schickt und man kaufen will, dann kommt seine Frau nach vorne und holt dich. Wenn seine Frau dabei is, greifen die Hunde nich an.»

«Wie viel Hunde sind das denn?»

«Vier, fünf. Riesige Teile. Wolfshund, Pitbull, irgendwie so was.»

«Wolfshund! Du Lauch! Weißt du, wie die aussehen? Das sind so dürre Klapperteile. Wenn schon Pitbull. Oder Staffy. Oder Dobermann.»

«Ja, keine Ahnung.»

«Sind die scharf?»

«Ey, wenn was scharf is, dann die.»

«Und die gehen echt ab? Ich meine, wenn Onkel sagt, fass oder so, dann töten die echt?»

«Echt.»

«Na ja, muss ja. Wegen Sicherheit.»

«Und die Frau? Sieht die geil aus?»

«Die is älter als Onkel. Vierzig, fünfzig, keine Ahnung. Voll klein. Geht mir bis hier oder höchstens hier. So mehr Standgebläse. Die fragt dich dann, wie alt du bist. Wenn du sagst, du bist über achtzehn, dann lässt se dich nich zu Onkel. Wegen Knast.»

«Was, wegen Knast?»

«Na, der lässt nur Jüngere für sich dealen, wegen Knast.»

«Weil die nich in Knast komm'?»

«Meinste nich, weil der drauf steht, dass die so jung sind?»

«Boah, is das eklig.»

«Was denn? Sagen doch alle.»

«Is aber nich wahr. Der hat doch 'ne Frau.»

«Ja, aber überleg mal, warum die so alt ist.»

Die Jungs reden inzwischen in einer ganz schönen Lautstärke. Weil ich ja nix raffe. Weil es damals, als ich jung war, noch keine Drogen gab. Träumt weiter! Und Diana und ich waren die Krassesten. Vielleicht ist Diana deshalb so eine ruhebedürftige Spinnerin geworden. Ich hatte Glück. Mein Hirn ist heil geblieben. Der Bus ist inzwischen an zwei Stationen vorbeigefahren. An keiner wartet wer, um in die Stadtmitte zu fahren, wo es zwei Grad wärmer ist. Ich sitze über dem Hinterrad, wo es den Schlamm in den Radkasten schmeißt. Kleine Steinchen rasseln.

«Also, du gehst rein. Wir warten.»

«Wollt ihr nicht mitkommen?»

«Nee. Echt nee.»

«Was denn? Ist doch nix bei. Dann könnt ihr hinterher angeben.»

«Nee, kannste alleine angeben.»

«Wie viel Geld haste denn?»

«Fünfzig. Is aber mein ganzes.»

«Ich hab sechsundzwanzig.»

«Sieben oder so.»

«Wenn wir zusammenschmeißen, ham wa ... wird schon reichen für was. Ey, Lars killt uns.»

«Pass auf, du gehst rein. Wir bleiben an der Bushaltestelle, als wären wir einfach zwei Typen, die auf den Bus warten. Wir bleiben da zehn Minuten oder zwanzig oder dreißig.»

«So lange dauert das nich. Schätze, sechs, sieben, acht Minuten.»

«Ich denke, das Grundstück is so groß.»

«Ja, voll.»

«Na, dann brauchst du doch voll viel Zeit, um zum hinteren Haus zu laufen.»

«Nee, is eher so auf 'ne breite Art groß, das Grundstück, wie zwei Fußballfelder oder so, aber nach hinten nur ein halbes, weißte?»

«Also, wir stehn da 'ne Viertelstunde, und wenn du nich kommst, rufen wir die Bullen.»

«Alter, wenn ihr die Bullen ruft, bin ich dadrin geliefert. Das rafft der doch. Dann bin ich Liste.»

«Nee, pass auf, ich weiß. Wir fahren vorher weg. Wir rufen die Bullen aus'm Bus. Wir fahren drei, vier Stationen in die eine Richtung und denn wieder drei zurück ...»

«Nee, sechs. Oder acht.»

«Wieso?»

«Na, ihr wollt doch nich wieder direkt vor dem Haus rauskommen.»

«Nee.»

«Also sechs.»

«Haste Schiss?»

«Nö.»

«Klingt so.»

«Nö, hab ich nich. Ihr ruft mich einfach an, wo ich bleibe, wenn's lange dauert, dann sag ich, bin auf Klo, blabla, komm gleich raus.»

«Ey, wenn der dann mal nich denkt, dass du draußen mit Bullen telefonierst.»

«Quatsch, wieso soll der das denn denken?»

«Wieso nicht?»

«Ja, Alta, das ist Onkel. Meinste, der wäre Onkel, wenn der nich ein bisschen aufpassen würde? Ey, die hätten den schon lange geschnappt, wenn der nich aufpassen würde.»

«Wenn du da telefonierst, dann hat der 'n Abhörsystem. Der kann kucken, wohin du telefoniert hast, und wenn das im Umkreis von fünfzig, sechzig, siebzig Metern is, dann denkt der: Der telefoniert hier mit wem in der Nähe, Bullen. So. Dann knallt der dich ab.»

«Scheiße, nein, der knallt kein' ab. Das hören doch die Nachbarn.»

«Mit 'nem Kissen davor.»

«Ist doch nicht das erste Mal. Das ist Onkel.»

«Ey, der lässt vielleicht abknallen. Warum soll der das alleine machen?»

«Ey, der erwürgt die. Auch weil der das geil findet. Man kriegt doch 'nen Flash, wenn man wen würgt.»

«Mann, du bist so blöde. Alta. Ich fass es nich. Janni, Janni. Nicht der, der würgen tut, kriegt 'nen Flash, der, der gewürgt wird, kriegt den. Alta ey.»

«Aber auch nur, wenn der nich draufgeht.»

«Janni, ey, du bist 'n Opfer.»

«Voll das Opfer.»

«Opfer ey.»

Die könnten tagelang so reden. Ein Opferkarussell, in das zu viele Münzen gesteckt wurden. Opferopferopferopfer. War bei uns damals auch schon ein Schimpfwort. An denen ist wirklich nichts neu oder originell. Die Opfer! Je häufiger sie Opfer sagen, umso mehr klingt es wie ein Pavian, der die Besucher des Zoos beeindrucken will, indem er dauernd auf und nieder hüpft. Vielleicht ist Pubertät genau das.

Leichte Regentropfen prallen als Verkehrsopfer gegen die Busscheibe. Ich habe keine Mütze und keinen Schirm mit. Solange ich im Bus bin. Gleich kommt meine Station. Dann werde ich bei Andreas sein, und ich werde Diana nachmachen, mich aufregen, wie sie sich aufregt mit dieser leiernden Stimme, ‹außerdem ist die Strahlung der ganzen Geräte in der Stadt blablabla›. Ich werde das so gut nachmachen, dass ich Diana sein werde. Warum sind wir so alt?

«Weißte, was ich von Onkel gehört hab, Basti? Ich hab gehört, der hat so 'nen SM-Keller im Haus. Mit schwarzen Wänden und Spiegeln an der Decke. Wenn der jemanden töten muss, dann hat der da ganz andere Geräte.»

Der Bus fährt an meinem Haus vorbei. Die Bäume drehen ihre Schatten einmal über den schmalen Gehweg.

Sie sind Zeiger einer Uhr, die ein halbes Leben vergehen lassen, wenn man den Halteknopf nicht drückt.

Zu spät.

«Wer sagt denn das mit dem SM-Keller?»

«Is doch scheiße.»

«Sven hat das gesagt, und Sven war auch schon da.»

«Echt, wenn Sven schon da war, dann ... nee, glaub ich nich. Nich Sven, nee.»

«Doch, Alter. Und der hat gesagt, das is so 'n Fickkeller mit dem ganzen Zeug, Kreuz und so. Frauenarztstuhl.»

«Und da war Sven mit unten? Klar ey. Da hat Onkel gesagt, komm mal mit, ich muss dir was zeigen. Brauchst aber keine Angst haben. Kriegst auch 'nen ganz großen Lutscher.»

«Was soll Onkel mit 'nem Frauenarztstuhl, wenn er schwul is?»

«Kann man doch auch bei Jungs, Mann ey.»

«Oh, nee. Hör uff. Ich kotz gleich.»

«Und Sven hatte jedenfalls so was am Hals, so kreisrund.»

«Alta, hatta sich selbst mit dem Staubsauger geknutscht.»

Der Bus hält an der nächsten Station. Ich bin zu weit. Ich könnte zurücklaufen. Der Regen bleibt bei seinem Rhythmus. Das nasse Rauschen eines verstellten Radiosenders. Ich überlege kurz und zu lang. Ich habe jetzt keine Mütze und später keine Mütze. Es ist jetzt einfach mal genau so, wie es ist. Ich habe ja nichts mehr weiter vor heute, als mich über eine Freundin lustig zu machen. Die Steinchen im Radkasten wirbeln, eine endlose Wiederholung der Kreisläufe der kleinen Teile. Diana sagt, ich würde mit der Langeweile flirten. Vielleicht habe ich ihr mal zugezwinkert.

Ein Junge steigt ein. ALTA!, rufen sie einander zu. So heißen sie alle heutzutage.

«Ey, ihr Spasten. Was los? Habt ihr was dabei?»

Ich brech ab, jetzt geht das alles von vorne los. Nur zu viert. Sie spielen chinesisches Tischtennis als Gespräch. Sie rennen um das Thema herum und reflektieren die Bälle hin und her. Der vierte Junge ist Lars. Er ist überhaupt nicht so sauer, wie die drei anderen gedacht hatten.

«Wir wollten zu Onkel.»

«Echt, ey ... Ihr glaubt auch jeden Scheiß, oder? Onkel. Ihr glaubt, ihr könnt zu Onkel fahren?»

«Ja, der wohnt hier irgendwo.»

«Erstens wären wir schon vorbeigefahren. Zweitens, ihr armen, kleinen Wichser, gibt's da ein ganz anderes Problem. Nee, ey, zu Onkel wollen sie. Wie süß.»

«Mann, du nervst.»

«Ja, du nervst.»

«Erzähl jetzt, oder halt die Fresse. Echt.»

«Nee, Jungs ey, nee, nee, ihr kackt noch in die Windel oder?»

«Mann, Lars, du nervst.»

«Passt auf, echt kein Scheiß, aber schämt euch nicht zu sehr, Onkel ist seit drei Jahren tot. Exitus. Er hat das Zeitliche gesehen. Die haben ihn abgeknallt. Dreißig Schüsse. Er hatte 'ne Großlieferung aus Afghanistan, tausend Kilo so, ein Kleinwagen voll, und der hatte dann Tiefgang. Onkel war nur zu clever für sich selbst. Er hat mal ein Flugzeug zu einer Militärmaschine umspritzen

lassen und wollte einfach da rausmarschieren, ohne
Kontrolle. Da kam aber so ein Oberst und wollte mit der
Maschine gleich weiter, wegen einem Termin. Na ja, was
soll ich sagen? Da haben sie natürlich das Zeug gefunden.
Ja, Scheiße war's. Die SEK hat ihn weggeballert, durch
die kugelsichere Weste durch. Einfach draufgehalten.
Danach haben sie die ganze scheiß Hangarwand neu
gemalert. Alles voller Blut. Danach ... tipptopp weiß, wie
nichts gewesen. Onkel haben sie verbrannt. Als wäre
nichts gewesen. Schön vertuscht alles, die Schweine.
Wegen der Wahlen.»

Der Bus hält, und jemand steigt ein.

Ich kann nicht genau sehen, ob die Frau so alt ist wie
ihre Körperhaltung. Das Licht im Bus geht an. Die Frau
ist ein Muttchen. Die Jungs sind einen Moment still.
Aber für eine Schweigeminute für Onkel reicht es nicht.
Das geht das Licht wieder aus, und der Bus fährt weiter.
Nur noch fünf Stationen bis zur Endstation. Ich werde
das Ende der Geschichte nicht mitbekommen. Es sind
lange Strecken zwischen den Stationen. Außenbezirks-
strecken. Trotzdem. Ich möchte Lars anbrüllen, er soll
weitererzählen. Lars pult eine Weile an seinem Schneidezahn, dann erzählt er weiter.

«Die haben Onkel zwar erwischt, aber seine Frau hat
das ganze Zeug noch weggeschafft. Das war 'n ganzer
Keller voll. Das is jetzt bei dem Bruder von Onkel in
Kreuzberg. Alter, das is so viel. Und für den arbeiten
nur Türken, die keine Aufenthaltsgenehmigung haben.
Die halten alle die Fresse. Wenn die mucken, sind die
weg. Abgeschoben oder einfach Messer an Hals. Die ver-
misst doch keiner. Da könnten wir hinfahren, um was

zu besorgen. Aber Onkel, Leute, Sorry, der hat ins Gras gebissen.»

«Ja, passt ja.»

«Ey, lach nicht. Is traurig. Der ist tot. Da hat euch jemand Scheiße erzählt.»

«Ja, du.»

«Nein, wahr.»

«Ach, Scheiße. Du laberst Scheiße. Ich hab lange nicht so 'ne Scheiße gehört. Hör doch auf. Lars, ey.»

«Ey wahr!»

«Und wo hast du das her, wenn's keiner weiß?»

«Von seiner Frau, die ist in der Klapse. Meine Mutter arbeitet da. Die Olle is ausgetickt und wurde eingeliefert, außerdem wollte sie auspacken, und da hat man sie einfach weggesperrt. Hätte man die auch abgeknallt, wär's halt aufgefallen. Das Militär hat ja auch was von dem Zeug behalten.»

«Da hab ich nur eine Frage, Lars: Wie hat denn dann die Frau das Zeug noch weggeschafft?»

«Die hat das Flugzeug entführt. Den Oberst umgebracht. Dann hinter der polnischen Grenze gelandet und das Zeug wieder ins Land gebracht.»

«Wie denn, Lars? Erzähl doch mal. Mit 'nem Pony?»

«Ja, was weiß ich, war ich dabei?»

«Ey, Scheiße, Lars, das mit dem Flugzeug is 'n Film. Ich kenn den Film. Du bist so ein Opfer. Nur weil du Schiss hast, zu Onkel zu fahren, erzählst du uns den Kack. Mann, jetzt sind wir zu weit. Jetzt müssen wir zurückfahren. Tot, Alter, so ein Scheiß.»

«Glaubst du es eben nich, aber du glaubst mir, Chris, oder? Ich erzähl dir doch kein' Scheiß. Du weißt, dass meine Mutter in der Geschlossenen arbeitet, oder? Is alles wahr. Die Frau von Onkel hat das erzählt. Ständig erzählt sie das, aber ihr glaubt eben keiner.»

«Weiß nich, Lars. In der Geschlossenen sind ja Verrückte. Muss ja nich stimmen.»

«Komm, Chris, ich hab dir noch nie Scheiß erzählt. Noch nie.»

«Ja, kann ja sein.»

Ich kann es nicht fassen, jetzt, genau jetzt fangen sie mit einer Vertrauensfrage an. Es hebt ein «Ich-schwöre-Ich-schwöre»-Überbieten an. Noch eine Station. Der Regen macht ein Häkchen auf seiner To-do-Liste. Alles erledigt. Nur noch Luftfeuchtigkeit. Hier in der Gegend gibt es eine andere Art Nichts als da, wo Diana wohnt. Hier ist ehemaliges Industriegebiet. Die geraden Wellblechdächer der Hallen ziehen einen Strich unterm Horizont. Drei schwarze Schornsteine wie Zahnlücken im Lächeln des allerletzten hellen Streifens am Abendhimmel.

Ein Handy klingelt.

«Was los? Fast da. Nein, ich bin mit Kasper unterwegs. Nein, ich hab nix. Ey, nerv nich. Ey, mir gehen alle anderen schon die ganze Zeit auf 'n Sack. Wieso hast du denn nichts? Du hast doch ... Du hast doch ... Alta! Du hast ...»

Er hält das Telefon vom Kopf weg und schnauft laut.

Die Endstation ist schon zu sehen. Das Lichttor der Bushaltestelle. Hier wird der Busfahrer zwanzig Minuten schlafen. Und wohin werden die Jungs gehen? Und wohin werde ich gehen?

«Is Tom. Hat auch nichts.»

«So 'n Wichser. Ich denke, er wollte ...»

«Ja, hab ich ja auch gesagt.»

Er hält sich das Telefon wieder ans Ohr.

«Ey, Tomtomtom, komm mal klar. Tommi. Tommi! Nein, hab ich nicht. Das träumst du. Das wüsst ich. Bei deinem Onkel? Ach, bei Onkel. Du warst bei Onkel? Er war mit Kaspi bei Onkel. Mit Kaspi! Rehlein, ey!»

«So ein Spinner.»

«Und hat er dich in Arsch gefickt? Kommkomm, reg dich nich so ... Ich werd doch mal fragen dürfen, Tom. Komm, Tom, kommkomm. Nur 'ne Frage. Ey, leg mir nicht Worte in den Mund, die ich nicht gesagt habe ...»

Der Bus biegt in die Buswendeschleife ein. Die Jungs stehen auf und gehen hintereinander durch den schmalen Gang zur Mitte vor. Babyface legt seine Hand auf die Schulter von Brotkantenkopf, der vor ihm läuft. Gelbe Mütze zieht Rotze hoch.

«Rotzehochziehen muss kein Geheimnis sein», sagt Babyface. Als der Bus bremst, halten sie sich fest, fallen trotzdem fast hin. Larsi schüttelt sich in seine Jacke. Ein Jagdhund im Geschirr sieht kurz vor der Jagd ähnlich aus.

Die Türen öffnen sich. Die Jungs begrüßen draußen zwei weitere Jungen und viele Mädchen mit Armeejacken.

«Ey, ihr könnt euch jetzt ma alle schön abregen. Ruhig, Kinder. Einfach mal die Backen halten und zuhören. Alles wird gut. Und warum? Weil ich zufällig weiß, dass Onkel da ist.»

«Ey, Mann, der ist tot. Ihr redet alle eine Scheiße.»

«Du blickst aber alles, oder? Echt, Larsi. Larsi blickt alles.»

«Halt doch die Fresse.»

«Onkel und seine Leute sind da. Ich weiß es von Tom, der weiß es von Kaspi, und wenn's einer weiß, dann Kaspi. Glaub es oder nich.»

«Gut, glaub ich's nich. Kaspi is doch auch nur so 'n Spinner.»

«So 'n Spinner wie wer? Wen meinst du?»

«Ach, komm, du weißt schon. Ich sag nur Nadine ...»

«Ich rede nicht über Nadine. Mein letztes Wort.»

«Ey, vielleicht sollte man auch einfach die Finger von lassen. Ich mein Onkel, ey. Das ist nicht irgendwer.»

«Boah, Scheiß dir ein. Scheiß dir doch ein. Ich hab 'n kleines Messer mit. Das ist alles, was ich sage.»

«Was willst du denn mit 'nem Messer?»

«Es gibt Momente, da ist haben oder nicht.»

«Warum hast du denn ein Messer? Willst du dir was schnitzen?»

«Was schnitzen! Geil!»

«Was soll denn der Scheiß?»

«Zeig ma!»

«Ja, zeig ma!»

«Du bist ein Kunde.»

«Kann ich doch hier nich zeigen. Haltet doch die Fresse.»

Die Jungs werden wieder leiser. Sie schwören. Die Mädchen laufen los, dorthin, wo die alten Fabriken sind. Die Jungs rufen ihnen hinterher. Die Mädchen sagen, sie sollen sich einen lutschen.

«Ich geh jetzt. Wer kommt mit?»

«Alter, das mit dem Messer is Scheiße.»

Ich sehe ihre Rücken. Sie nehmen ihre Wörter mit, den

Onkel, das Zeug, das keiner hat. Und lassen mir genau das Gleiche da.

Das Zeug, das keiner hat.

Casablanca

In Berlin liegt Schnee. Er legt sich einfach überall hin und steht nie wieder auf, wie ein Jugendlicher lümmelt er herum und ist zu nichts nütze. Niemand verlangt von ihm, dass er wieder aufsteht, dass er etwas lernt, dass er es zu was bringt. Der Schnee ist die Markierung eines größenwahnsinnigen Hundes. Ich kann dem nichts abgewinnen und auch nicht dem Knirschen unter den Schuhen oder dem Brechen der dünneren oberen Schicht. Mich hebt das nicht an.

Ich gehe zum Bus, um zum Flughafen zu fahren. Ich hinterlasse Spuren im Schnee, aber weil es weiterschneit, hinterlasse ich auch keine Spuren. Kein Grund, traurig zu sein oder zu heulen. Ich hab früher nie geheult. Bei «Casablanca» habe ich geheult, aber erst beim zweiten Mal.

«Casablanca» habe ich das erste Mal mit meiner damaligen Freundin gesehen. Ina. Sie wollte den Film unbedingt mit mir zusammen anschauen, obwohl sie ihn schon oft gesehen hatte, aber eben ohne mich. Vielleicht ja mit jedem Typ, mit dem sie vorher zusammen war. Das machte mir nichts aus. Es gibt Sachen, die habe ich auch mit jeder meiner Freundinnen gemacht, küssen, über meine Schulzeit reden, rauchen.

Ina und ich sahen also zusammengekuschelt den Film an, und siehe da: Er war langweilig. Ina weinte am Ende, weil sie bei «Casablanca» immer weint. Als wäre das ein Kniereflex. Wenn man Ina mit dem Casablancahämmerchen aufs Herz klopft, dann schießen die Tränen vor. Ich hielt sie im Arm und fand es schön. Dann schaute Ina mich mit ihren Tröpfeläuglein an, und ich sagte, um die Stimmung aufzulockern: «Na, wenn ich mal ein Visum brauche, dann seh ich als Erstes im Klavier nach!»

Das war nicht der Trennungsgrund, aber der Anfang von der Trennung. Ina war entsetzt, als ich ihr sagte, ich würde nie heulen oder flennen, wie Männer dazu sagen, jedenfalls nicht weinen, wie Frauen dazu sagen. Ich sagte ihr, ich hätte geheult, als ich eingeschult wurde, weil mein rechter Lackschuh zu eng war, und dann hatte ich noch geheult, als mein erstes Auto verschrottet wurde. Als ich Ina das erzählte, wollte sie darin unbedingt meine völlige Unfähigkeit für Gefühle sehen: Emotionslos, unromantisch und verkopft sei ich, und so jemand, sagte Ina, könne doch gar nicht lieben. Ich versicherte ihr, dass ich sie liebe. Ich sagte: «Ich versichere dir, dass ich dich liebe!», und sie fand den Satz scheußlich. Dabei war es versichert doch viel sicherer.

«Aber ich habe dir doch gesagt, dass ich dich liebe, und jetzt schon wieder. Ich kann dir auch noch mal sagen, dass ich dich liebe, kein Problem.»

Ina regte sich auf, weil «dass ich dich liebe» und «ich liebe dich» nicht dasselbe wären.

«Aber *dass* ich dich liebe, das ist doch die Hauptsache!», fand ich.

«*Dass* ich dich liebe ...», wiederholte sie. «Du kannst es einfach nicht sagen, wie?» Dann sah sie mich herausfordernd an. Ich hatte eigentlich gar keine Lust mehr, es ihr zu sagen, aber ich tat es trotzdem. Ein Mann muss tun, was ein Mann tun muss.

«Ich liebe dich. Ich liebe dich. Ich liebe dich!», leierte ich. Damit war sie auch nicht zufrieden. Ich kam mir vor wie bei einer Prüfung, in der die Aufgabenstellung völlig unklar ist. Lösen Sie irgendeine Aufgabe, nennen Sie irgendwelche Stichpunkte, rechnen Sie irgendwas aus.

«Ich liebe dich. Bums, aus die Maus!», sagte ich.

Ina war verärgert und blieb es auch. Von dem Abend an stichelte sie bei jeder Gelegenheit wegen meiner fehlenden Romantik herum. Ich wäre gefühlstaub, emotionshinkend und romantikblind. Sie packte das Thema vor Freunden aus und knallte es beim Essen offen auf den Tisch: «Jaja, der Mann, der wegen einem verschrotteten Auto weint ...»

Als hätte ich geweint, nee, ich hab geheult wie 'n Kerl.

Eigentlich hätte ich mit ihr streiten müssen, aber ich wollte lieber glücklich mit ihr sein. Ich hätte sagen können: «Jaja, die Frau, die wegen jedem Scheiß rumflennt ...» Stattdessen überlegte ich, wie ich Ina überzeugen konnte, dass ich doch romantisch sei, total empfindsam, aber hallo, der totale Schlaffi. Da ich all das aber gar nicht war, hieß das wohl, dass ich meine Freundin belügen wollte.

Ich schrieb einen Brief, mit meiner eingerosteten Handschrift, die dafür taugt, Lebensmittel auf Einkaufszettelchen zu krakeln. Ich schrieb den schönsten Liebesbrief der ganzen Welt, mehrere Seiten lang. Meine Gefühle für Ina waren ein schönes Tannenbäumchen, und für sie machte ich einen Weihnachtsbaum draus, mit Sternen, Kugeln, Lametta, Kerzen und kleinen Figuren.

Ich weiß nicht mehr, was ich alles schrieb, die Anrede weiß ich noch: «Mein herrliches Mädchen!»

Und dann hatte ich einen Gutschein für eine Reise nach Casablanca gebastelt und dazugelegt. Außerdem hatte ich Geld zusammengeliehen, damit wir sofort losfliegen könnten, falls sie das wollte. Es war gerade Winter, Berlin verschneit.

Ich suchte ein Restaurant mit Klavier und versteckte den Brief unter dem Deckel. Dann führte ich Ina zum Essen dorthin aus, schaute sie glücklich an, wollte sie natürlich einladen, bestellte großzügig eine Flasche Wein und spielte mit ihren Fingern in meiner Hand. Irgendwann setzte sie wieder ihren Prüfungsblick auf, der mir das «Ich liebe dich!» abpressen wollte.

Ich sagte: «Schau doch mal ins Klavier!»

«Ach, lass den Scheiß!», polterte sie. «Du mit deinen Witzen! Du sollst doch nur ‹Ich liebe dich› sagen!»

Ich habe viele Computerspiele gespielt, bei denen man zwischen drei Antworten wählen kann, um z. B. einen Türsteher zu überreden, einen einzulassen. In dem Moment, als Ina auf hundertachtzig war, dachte ich kurz nach, ob ich a) «Bleib doch!», b) «Beruhige dich!» oder c) «Ich liebe dich!» sagen sollte. Ich entschied mich für Antwort c.

Sie verhedderte sich in ihren Mantelärmeln, was ihr noch mehr Zeit gab, mich mit einem wilden Stierblick anzustarren. Dann atmete sie einmal tief aus und war weg.

Draußen war es kalt, drinnen wurde es kalt. Ich soff

den Wein. Davon wurde mir auch nicht wärmer. Als ich das Restaurant verließ, waren Inas Fußspuren zugeschneit. Das ist ein Jahr her.

Der Bus ist am Flughafen angekommen. Endstation. Ich bin der Einzige ohne Gepäck. Ich stecke meine Hände in die Taschen und gehe durch die Drehtür, die wie ein Schaufelrad die Menschen in die Halle reinbaggert. Eine Frau hat es so eilig, dass sie versucht, die träge Tür zu schieben. Direkt vor ihrer Nase der Aufkleber, auf dem steht, dass man nicht schieben soll. Die Automatik blockiert. Ich und die Frau stehen in unseren Plexiglaszellen und warten. Die Frau schaut mich an. Ich lächle. Die Tür dreht sich wieder. Wer es zu eilig hat, wird aufgehalten. Das ist gerecht und böse. Vielleicht ist gerecht immer auch böse. Ich finde es nicht gerecht, dass Ina mich verlassen hat, nur böse. Sie hat mich am Telefon abgewimmelt. Ein Jahr lang hat es «jetzt gerade nicht gepasst». Ich habe in dieser Zeit das zusammengeborgte Geld für die beiden Casablancatickets abgearbeitet. Ich könnte zweimal alleine hinfliegen oder einmal mit jemand anders, aber ich will mit Ina fliegen.

Ich gehe zum Terminal acht. Das Rattern der Rollkoffer, das Gongen der Ansagen, die flatternden Schals von Eilenden.

Ich trete in das Bistro, von dem aus man aufs Rollfeld sehen kann. Mein Platz am Fenster ist frei. Ich ziehe den Mantel aus, weil es sicher noch eine Weile dauert, bis Ina kommt. Nachdem sie mich verlassen hatte, habe ich mir «Casablanca» noch mal angesehen und angefangen zu heulen. Ich fand den Film immer noch langweilig, aber geheult hab ich trotzdem.

Ich sitze oft hier und sehe zu, wie Flugzeuge starten und landen. Der Kaffee ist teuer, man darf rauchen, die Bedienung ist nett. Antje und Herr Tesch. Antje arbeitet hier, weil sie Stewardess werden wollte. Herr Tesch, weil er Pilot werden wollte. Antjes Mutter war Stewardess, und Antje hat sie selten gesehen. Als Antje mir das erzählte, musste ich heulen.

Herr Tesch wollte Pilot werden, weil er von Frauen nicht beachtet wurde und sicher war, dass ein Mann, der fliegen kann, Beachtung findet. Er kann tatsächlich fliegen. Er hat die Ausbildung gemacht, dann aber keine Stelle gefunden, weil er beim Stresstest durchfiel. Er hat ganz weiche Züge um den Mund, nicht sanft, sondern schwabblig. Ich finde, er sollte einen Bart haben, das habe ich ihm auch gesagt. Aber ihm wächst kein Bart, hat Herr Tesch mir erklärt. Da musste ich heulen.

«Na, Dirk? Einmal unseren feinen Kaffee?», fragt mich Antje.

Ich nicke. «Und einen Aschenbecher!», rufe ich hinterher. Ich zünde mir schon mal eine Zigarette an, im Vertrauen darauf, dass Antje den Ascher bringt, bevor die Asche abfällt. Ich mag diesen Ort, weil er kein richtiger Ort ist. Die meisten Menschen, die sich hier aufhalten, kommen von anderswoher, von einem richtigen Ort, und sind auf dem Weg nach anderswohin, an einen richtigen Ort. Eine unruhige Mischung aus Wegwollen, Ankommen und schon wieder Wegmüssen.

Ich warte auf Ina.

Erst mal kommt Antje mit dem Aschenbecher. Vielleicht ist Antje hübsch, aber es fällt ihr leichter, so zu tun, als wäre sie es nicht.

Antje erzählt mir, dass Hermann seit mehreren Tagen nicht mehr da war.

«Tja, vielleicht hat er's geschafft», sage ich.

Dann muss sich Antje um die anderen Gäste kümmern. Es gibt ja noch die Gäste, die wirklich geflogen sind oder gleich fliegen, die nur ganz kurz hier sind. Und außerdem ist Gabi da, die will immer viel reden. Und Jan ist auch da, der braucht jede Viertelstunde eine neue Cola. Aber Hermann ist nicht da. Hermann hat Angst vorm Fliegen. Er sitzt hier rum und starrt aus dem Fenster. Mir hat er noch nicht verraten, warum er Angst hat vorm Fliegen. Immer wenn ich mir einen Grund ausgedacht habe, musste ich heulen.

Alle, die hierherkommen, nur um hier zu sein, haben ein Rad ab.

Jan wäre gern in Amerika, so sehr, dass er immer einen Cowboyhut trägt, als ob er mit dem Hutaufsetzen schon die Hälfte der Strecke geschafft hätte. Er möchte ein Star werden. Er hat eine CD aufgenommen, die er mir ständig verkaufen will. «Jan, ich hab doch schon eine!», sag ich dann, und Jan erklärt mir, dass er nur noch tausend verkaufen muss. Er sucht einen Manager und einen Produzenten. «Aber dann geht's los!», strahlt Jan. Er hat ein charmantes Lächeln mit Grübchen. Ich könnte ihn mir gut als Star vorstellen, aber er singt leider so unbedeutend wie ein Straßenspatz. Jans Künstlername ist Little Jimmy. Ich nenne ihn Jan. Antje nennt ihn Little Jimmy, sie würde mich auch Rick nennen, wenn ich es wollte. Als Jan mir total aufgedreht erzählt hat, dass er in der Schule seines Neffen ein Konzert geben darf, im Zeichensaal, hab ich geheult.

Außer Herrmann sind heute alle da. Jan, Antje, Herr Tesch und Gabi; mich zähle ich nicht mit. Ich warte nur auf Ina.

Gabi war mal verrückt danach, durch diese Piepsschleuse zu gehen und sich abtasten zu lassen. Im Gegensatz zu Hermann erzählt Gabi jedem alles und allen jedes. Früher ist sie viel mit Billigfliegern innerhalb von Deutschland herumgeflogen. Sie hat extra metallische Gegenstände an sich versteckt, sogar im Schlüpfer. Wäre sie nicht irgendwann angezeigt worden, von einem jungen Sicherheitsmann, der sich sexuell belästigt fühlte, dann wäre sie wahrscheinlich pleitegegangen. Sie sagt, sie ist davon runter, aber trotzdem kommt sie zum Flughafen und sieht ein bisschen dabei zu, wie andere durchsucht werden, und kommt dann ins Bistro, um sich zu schämen. Ich musste heulen, als sie mir das einmal erzählt hat, und danach musste ich mich schnell von ihr wegsetzen, weil sie mich auf die Toilette locken wollte, um wenigstens Sex auf dem Flughafenklo zu haben. Vielleicht hätte sie gepiepst dabei.

Bis Ina kommt, muss ich meinen Kaffee austrinken. Er ist wie immer mies. Vom Zucker wird er nicht besser, der Zucker wird davon schlechter. Am Nachbartisch telefoniert jemand sehr laut. Verspätung, Abholen, Taxi, Anschlussflug, Gepäck, Pass. Ich könnte Wortbingo spielen, und wenn ich meine sechs Wörter zusammenhabe, springe ich vom Stuhl auf und schreie: «Bingo!» Wahrscheinlich würde ich verrückt wirken, dabei bin ich unter den Stammgästen hier der einzige Normale. Antje ist, glaube ich, auch nicht verrückt, aber der Rest hier ist hoffnungslos verloren.

Ich warte auf Ina, und da kommt sie.

Sie trägt einen schwarzen Mantel mit grauem Kunstfellkragen, einen schwarzen Rock, schwarze Schuhe, und ihr graues Haar offen. Die Haare sind nass vom Schnee. Sie ist hierher gelaufen. Sie friert. Ich kann ihre Beine in den Feinstrumpfhosen zittern sehen. Einige Schneeflocken haben den Weg durch die Flughafenhalle bis ins Bistro überstanden und glitzern auf Inas Mantel. Ein dunkler Lippenstift auf leicht geöffneten Lippen. Sie sieht sich nach mir um, die Augen weit aufgerissen. Die Schneeflocken schmelzen, sitzen jetzt als Wassertropfen auf dem Kunstpelz und funkeln. Ina steht da mit meinem Brief in der Hand. Die Blätter sind nass und zerknüllt und beben, weil Ina so zittert. Sie streift langsam ihre schwarzen Lederhandschuhe ab. Wischt sich Haarsträhnen aus dem nassen grauen Gesicht, wobei sie sich weiter nach mir umsieht, ängstlich, ich könnte nicht da sein und ihr nicht vergeben, und hoffnungsvoll, ich könnte da sein und ihr vergeben, bebend vor Aufregung, mich gleich zu küssen, zu mir zu stürmen, vor mir auf den Boden zu fallen und zu weinen, meine Hand zu ergreifen, zu stammeln, dass sie nun weiß, dass ich sie liebe, dass sie sich plötzlich erinnert hat, was ich gesagt habe, und dann hat sie in das Klavier im Restaurant gesehen und den Brief gefunden, sie hat mich immer geliebt, immer an mich gedacht, mich nie vergessen können, und natürlich kommt sie mit mir nach Casablanca. Unter ihr entsteht eine Pfütze, weil der Schnee taut und weil wir beide so viel weinen.

«Ina, steh auf!», sage ich und hebe sie zu mir hoch. Ihr Gesicht ist ganz weiß, unter ihrer Nase ein schwarzer Schatten vom Oberlicht. «Ina, ich liebe dich!», sage ich.

«Ich weiß», sagt sie. «Küss mich!», haucht Ina und öffnet ihre grauen Lippen.

Wie immer habe ich mir alles in Schwarz-Weiß vorgestellt. Ich sehe jede Woche nach, ob der Brief noch im Klavier ist. Ich habe einmal noch auf den Umschlag dazugeschrieben, dass ich im Flughafencafé auf sie warte. Wo der Rauch in der Luft hängt.

«Sie kommt heute nicht mehr, oder?» Antje hat mir noch einen Kaffee gebracht und Taschentücher.

«Warum nicht?», frage ich. «Wenn sie nicht kommt, wäre ich ja nicht hier.» Ich zünde mir eine neue Zigarette an, und ein Flugzeug landet.

«Und es wäre schade, wenn du nicht mehr herkommst», sagt Antje zu den Servietten.

La Schuhkran

«Wer ist dran?», fragte ich.

Matthias legte den Finger auf seinen Mund und hielt weiter schweigend den Hörer ans Ohr. Dann riss er die Augen weit auf. Jemand mit großen Augen?

«Wer ist dran? Was ist los?», flüsterte ich.

Er ließ seine Hand auf Höhe seiner Schulter in der Luft schweben. Eine kleine Person mit großen Augen. Vielleicht Anja. Sie arbeitete seit einem halben Jahr für die deutsche Botschaft in Damaskus. Man soll ja Menschen, die umgezogen sind, ein halbes Jahr Zeit geben, bis man sie besucht. War es so weit? Durften wir?

«Weihnachten?», murmelte Matthias.

«JA!», rief ich. «Weihnachten in Syrien!»

Ich freute mich über so viele Sachen gleichzeitig: Anja besuchen, Syrien entdecken, den neuen Freund von Anja kennenlernen (auf den Fotos sah er sehr interessant aus), Zeit mit Matthias haben (er arbeitete im Moment so viel, dass ich ihn kaum sah) UND NICHT WEIHNACHTEN FEIERN.

«Ja, wir kommen gern», sagte Matthias.

Die Eltern waren weniger begeistert. Damals nur wegen des Termins. Mit dem Land hatte zu der Zeit noch keiner Probleme. Syrien galt als offen. Es gab keine Warnungen für Reisende. Minderheiten lebten dort friedlich, es gab Christen, Juden, Moslems und angeblich keine Hinrichtungen. Assad war beliebt.

Das war 2003.

Ich war fünfundzwanzig Jahre alt.

Weil ich 1994 in Israel gewesen war, musste ich mir für die Reise nach Syrien einen neuen Reisepass holen, denn die Syrer hätten mich nicht einreisen lassen mit israelischem Stempel. Der Reisepass war fast abgelaufen, und alles war kein Problem.

2004 reiste ich allerdings nach New York und konnte nicht schon wieder einen neuen Reisepass beantragen, denn der letzte war ja erst ein Jahr alt, und alles wurde ein riesiges Problem.

Bei der Einreise nach Amerika unterschrieb ich, dass ich keinen Apfel einführe und auch nicht die Absicht habe, einen Apfel einzuführen oder dem Piloten einzuführen. Ich unterschrieb, dass ich keine Tiere bei mir oder in mir habe und selbst auch kein Tier bin. Dann kam noch der Trallala, genannt Befragung. Mit wem habe ich alles in den letzten drei Jahren gesprochen, hat schon mal jemand anders meine Tasche zu Gesicht bekommen, hatte ich je die Absicht gehabt, mit jemandem befreundet zu sein, der nicht in allem dieselbe Meinung vertrat wie ich?

Als die amerikanische Befragungstrallalabevollmächtigte meinen Pass durchblätterte, kreischte sie plötzlich auf und sprang einen Meter rückwärts, als hätte sie eine Spinne in meinem Pass entdeckt.

«What's this?»

Na, was wird das schon sein? Ein Einreisestempel nach Syrien! Da Amerikaner kein Arabisch lesen können – kann man ihnen nicht vorwerfen, schwere Sprache, das Arabisch –, staunte sie und fragte: «Which country?»

Und ein bisschen klang es, als hoffte sie noch, dass ich sagen würde, das sei Bayern, ein Teil von Deutschland, da schriebe man so, ganz alte Sprache.

«Syria», sagte ich.

Wieder zuckte sie zusammen, als ob schon vom Aussprechen des Landesnamens in Amerika Häuser explodieren würden.

«Why?», fragte sie und meinte das auch genauso: Warum nur tut man so was? Hatte ich wen beschneiden lassen oder etwas zerbombt?

«I visited a friend in Damaskus. At Christmas. She works at the German embassy.»

Den Satz hatte ich mir vorher überlegt, weil mir klar war, dass ich ihn brauchen werde. German Ämbessi. Anja hatte gesagt, das würde die beruhigen.

Tat es aber nicht.

Im weiteren Verlauf der Unterhaltung wurde ich gefragt, ob ich mich die ganze Zeit in Damaskus aufgehalten hatte, ob ich immer bei Anja in der Wohnung gewesen war, ob ich jemals mit anderen Menschen dort Kontakt gehabt hatte. Ich dachte an die Wäscherinnen im Hammam, an den Gärtner, der nicht wusste, was ein Christmastree ist, an die Händler um die Umayyaden-Moschee.

Ich schüttelte den Kopf.

Die Amerikanerin glaubte mir tatsächlich, dass wir ganze zwei Wochen lang nur in Anjas Wohnung waren.

Am 8. Dezember flogen wir über Aleppo nach Damaskus. Es war regnerisch und frühlingshaft, als wir landeten.

Pierre hatte ich vorher nur auf Fotos gesehen. Da roch

er nicht so irre gut. Er war Franzose, Küsschen, Küsschen, Küsschen. Bevor ich mit Matthias zusammengekommen war, war Anja mit Matthias zusammen gewesen. Normalerweise umarmten sie sich zur Begrüßung, jetzt gab es auch Küsschen, Küsschen, Küsschen. Aha, aha, aha, dachte ich. Was war denn hier los?

Während der Fahrt vom Flughafen zu Anjas Wohnung in einem sehr schicken Viertel von Damaskus klebte ich an der Fensterscheibe und staunte.

Syrien. Der Nachthimmel war seltsam gelblich. Der Mond hing schief. Die flachen, viereckigen Häuser.

Die beiden Männer saßen vorne, Anja und ich hinten. Als hätten wir uns gleich ein bisschen ans Land angepasst.

Damaskus. Fremd. Neubauten. Braun. Dunkel. Edel. Alles durcheinander. Berghänge im Hintergrund, an denen sich die Stadt hochzog.

Die Hochhäuser, die in Damaskus standen, so kam es mir vor, waren den Mietern zur freien Gestaltung übergeben worden. Einige hatten andere Fenster eingebaut, andere den Balkon vergrößert, wieder andere hatten ein Rohr unter dem Fenster rausgelegt, aus dem etwas dampfte.

«Das ist die Oper», zeigte Anja. Ein sehr schönes Gebäude war das. «Leider kann die Eröffnung nicht gefeiert werden, weil zur Premiere ein arabisches Stück gespielt werden soll, es aber gar keine arabische Oper gibt. Also muss jetzt erst ein arabisches Stück geschrieben werden.»

Die Welt ist an allen Stellen merkwürdig, dachte ich, merkwürdig, seltsam und sehr komisch.

«Da ist ja Weihnachtsbeleuchtung!», rief ich entsetzt.

Und was für eine! Blinkend Merry Christmas, Merry Christmas, Merry Christmas. Rentiere und alles.

«Das ist eine Kirche», sagte Anja.

«Das ist eine Kirche?», fragte ich nach wie der ungläubige Thomas. «Das sieht ja aus wie ein Balkon in einem Unterschichtenstadtbezirk.»

«Uterschichtestaatbesirr», wiederholte Pierre. «What's this?»

Matthias versuchte, es ihm zu erklären.

«Ja, Weihnachten kann man die Kirchen noch besser von den Moscheen unterscheiden», lachte Anja. «Die Moscheen sind übrigens immer hellgrün beleuchtet, egal ob Weihnachten oder nicht», erklärte Anja weiter. «Weil Grün die Farbe des Islam ist. Soll also heißen, hier ist ein Gebäude, da ist voll der Islam drin.»

Matthias lachte, wie er über meine Witze nie lachte. So komisch war das nun auch wieder nicht.

«Woran man Christen und Moslems unterscheidet, ist auch leicht», sagte Matthias. «Christen tragen ein riesiges Holzkreuz auf dem Rücken. Und Moslems leichte Schuhe.»

«Stimmt, weil sie die zum Beten ja immer ausziehen müssen», sagte Anja und kicherte. «Haha, ein Kreuz auf dem Rücken.»

Flirteten die? Was war denn hier los?

Gut, wir waren alle erwachsen.

Pierre machte das Radio an. Ein libyscher Radiosender, der Jingle Bells auf Arabisch spielte.

Zum Abendbrot bereiteten Anja und Pierre etwas Europäisches zu, denn Europäer, müssten sich erst an das nichteuropäische Essen gewöhnen, sagte Anja, die in Jena geboren war. Immer wenn Europäer nach Syrien reisen, würden sie auf jeden Fall früher oder später Durchfall bekommen. Das ist ein Naturgesetz.

«Okay», sagten Matthias und ich schicksalsergeben.

Nachdem wir lang genug gegessen, gesoffen und gequatscht hatten, zogen wir ins Gästezimmer auf das Schlafsofa, das einen rätselhaften Ausklappmechanismus hatte: zerren, dabei schieben, heben, aber gleichzeitig drücken, und dann mit sanftem, aber sehr starkem Ruck – und das Ganze leicht schräg.

Die rot getigerte Katze Ringel zog zu uns, weil sie Besuch mochte. Wir kannten sie schon aus Berlin. Sie legte sich zwischen uns, und so konnte ich nicht in Matthias' Arm einschlafen. Er sagte, das wäre doch nicht schlimm, wir hätten ja noch zwei Wochen Urlaub.

«Anja hat zugenommen, oder?», fragte ich.

«Was?», sagte er schläfrig. «Weiß nicht. Pierre ist jedenfalls echt langweilig.»

Das sah ich aber anders und mein Unterbewusstsein auch. Ich träumte von ihm.

Am nächsten Tag machten wir uns daran, Damaskus zu entdecken. Matthias und ich waren müde, denn in der Nacht hatte der Muezzin gerufen, dass Allah groß und mächtig ist.

Da gewöhnt man sich dran, sagte Anja. Und wirklich, die Katze war nicht wach geworden. Allah mag zwar groß und mächtig sein, aber der Schlaf einer Katze ist auch groß und mächtig.

Ich war sehr gespannt auf Damaskus. Womit ich nicht gerechnet hatte, war, dass auch Damaskus auf uns gespannt war.

Berlin ist ja ein Menschenzoo, da läuft von jeder Spezies mindestens ein Pärchen herum, auch Aliens, Erleuchtete, Menschen aus Vergangenheit und Gegenwart. Aber in Syrien gab es fast nur eine Art Pärchen. Der Mann hat schwarze kurze Haare und einen Schnurrbart. Die Frau hat lange schwarze Haare und manchmal auch einen Schnurrbart.

Matthias allerdings hatte damals blonde, sehr kurze Haare und einen langen Kinnbart. Ich hatte kurze rote Haare und war für jemanden, der Pumuckl nicht kennt, ohne erkennbare Frisur.

Die Syrer fanden mich ulkig, stießen sich an und zeigten auf mich. Anja lief extra hinter mir, um sich darüber zu amüsieren, wie alle sich amüsieren, wie sich alle nach mir umdrehten und lachten. Ich band mir ein Kopftuch um, und ab da war Matthias das lustigste der vier Aliens, und die Jugendlichen machten Ziegengeräusche, wenn sie ihn sahen.

Die Stadt war eine schöne Fremde. Hier überschminkt, dort ungewaschen. Überall arabische Schriften. Ich hätte am liebsten alles fotografiert, wo was Arabisches draufstand. Es gebe Mond- und Sonnenbuchstaben, erklärte mir Anja. Warum, wusste sie nicht. Dann gab es noch fünf Buchstaben, die gleich aussahen, nur die Punkte an einer anderen Stelle hatten. Wir waren uns sicher, dass das der Grund ist, dass es keine arabischen Buchstabennudeln gibt. Da würden überall in der Packung die kleinen Punkte rumschwirren, und keiner wüsste, wo sie hingehören.

Um die Umayyaden-Moschee herum waren lauter laute, überdachte, enge Geschäftsstraßen. Alles genau so, wie man sich einen Basar vorstellt. Es roch total gut, und dann roch es plötzlich schlecht. Wir wurden ständig angesprochen. Es gab die Excuseme-Street, die Welcome-welcome-Street und die Wheredoyoucomefrom-Street. Überall wurde derselbe Orientplunder angeboten, darum gehen die Einheimischen auch ein paar Straßen weiter einkaufen, denn Orientplunder hatten sie schon oder brauchten sie nicht. Ein Händler rief: «Viva la France, Germani, Great Britanni, Italien! Down with Israel and USA!»

Pierre lief wie ein junger Hund ständig vor und wurde von den Händlern mit Handschlag begrüßt.

Er sah von hinten fast noch besser aus als von vorne. Außerdem war er so nett und umgänglich, ganz anders als Matthias. Der würde doch nie in einem Land so schnell Bekanntschaften machen. Dann sah ich aber, dass Matthias, der hinter mir lief, auch mit Handschlag begrüßt wurde. Anja und mir gaben sie nicht die Hand.

«Ah, Mister, Mister!», sagten die arabischen Mister.

Wenn ich dieses Verhalten deuten wollen würde, dann könnte es ungefähr bedeuten, dass ein Mister dem anderen Mister so ähnlich ist wie nur ein Mister einem anderen Mister. Beziehungsweise ist eine Missis aus demselben Land dem Mister nicht so nah wie ein Mister aus einem anderen Land.

Ich glaube, die Mister durften keine Missis anfassen. Und vielleicht fassten sie deshalb so oft die anderen Mister an.

Wir bekamen Bonbons geschenkt, Datteln und Maronen.

«Wenn man Hunger hat, kann man einfach die Straße auf und ab laufen», sagte Anja.

«Ist das jetzt schon arabisches Essen, das Europäer nicht vertragen?», fragte ich sie.

«Habt ihr noch keinen Durchfall?»

Ich verneinte.

Kaum hatten wir in einer dieser Welcomewelcome-Streets etwas in die Hand genommen und dann auch noch in den Mund, bekamen wir auch schon ein neues Bonbon, und dann waren wir schon im Laden. Dort wurde eine absolute Verwirrtaktik abgezogen. Keiner von uns wusste, wer der Händler ist, der was zu sagen hat, wer der Schwager und wer der Bruder und wer der Onkel. Wir verhandelten mit vier Leuten und eigentlich nur darum, ob einer von uns überhaupt etwas wollte. Wir vertraten hartnäckig den Standpunkt, keine Datteln kaufen zu wollen. Aber auf einmal wurde in diesem Welcomewelcome-Englisch darüber verhandelt, ob wir nun zwei oder drei Pfund Datteln kaufen wollten. Während ich mich noch fragte, warum die Männer so etwas abziehen und ob das denn klappen kann, hatten wir die Datteln schon gekauft.

«Bekommen Europäer von den Datteln Durchfall?», fragte ich Anja.

«Habt ihr etwa immer noch keinen Durchfall?», fragte sie entsetzt zurück und schaute uns an.

Pierre betrachtete uns unschlüssig.

Was stimmte mit uns nicht?

Mittags hatte jeder von uns zwei Beutel Datteln und kein syrisches Geld mehr.

Zum Umtauschen wollten wir lieber in die Bank,

obwohl in der Excuseme-Street überall Changemoney-Männer herumstanden; aber wer konnte es schon wissen, wenn wir einmal in ihrem Laden waren, dann würden wir ihnen doch nur Datteln abkaufen oder unser Geld schenken.

In der Bank gab es drei Schalter. Vor einem standen alte Türen, die wohl gerade jemand ausgebaut und hier abgestellt hatte. Der Schalter war also geschlossen.

«Die Türen stehen hier, seit wir in Damaskus sind», sagte Anja, und Pierre nickte.

Hinter der Plexiglasscheibe des dritten Schalters stapelten sich Obstkisten. Der war wohl auch geschlossen. Hinter dem dritten Schalter standen eine Palme und ein Mann, der Kaffee trank. Er tauschte unsere Euro, ohne sie genau zu besehen, gegen Lira, die er von einem kleinen Regal nahm, wo sie zerknüllt und unsortiert in riesigen Haufen lagen. Er gab sie uns und trank weiter Kaffee. Die Deutsche in mir wollte gerne eine Quittung haben, nur so vom Gefühl her, falls wir die bei der Ausreise vorzeigen müssten oder falls ich sie in zwei Jahren wegwerfen wollte. Die Bank sah so überhaupt nicht sicher aus. Matthias wies mich darauf hin, dass an allen Türen von innen der Schlüssel steckte. Da konnte man schnell abschließen, wenn ein Räuber kam.

«Dann können wir ja jetzt Weihnachtsgeschenke kaufen», sagte Anja, als wir alle wieder Lira in den Taschen hatten.

«Was, Weihnachtsgeschenke?», fragte Matthias, und ich schob ein «Warum?» nach, in der Hoffnung, sie würde sagen: «In der Botschaft gibt's eine Weihnachtsfeier.»

«Weil doch bald Weihnachten ist», sagte Anja.

«Ist in der Botschaft eine Weihnachtsfeier?», versuchte ich das letzte Fünkchen Hoffnung durch Pusten am Glimmen zu halten.

«Nee!», sagte sie und sah uns wieder so komisch an, als hätten wir keinen Durchfall.

Bei der ersten Gelegenheit zog mich Matthias zur Seite und zeigte sich genauso entsetzt wie ich. «Ich hab mich so gefreut, dass es dieses Jahr ausfällt.»

«Geht mir auch so», stimmte ich zu. «Aber wenn sie sich jetzt so freuen. Vielleicht haben sie Heimweh, und es bedeutet ihnen total viel, dass wir gerade zu Weihnachten hier sind.»

Matthias raufte sich die Haare. «Ich kenne doch Pierre gar nicht. Was mag der denn? Der sagt ja nie was. Wie sollen wir denn hier was kaufen für die? Und wir können ja nicht alleine einkaufen gehen. Wir können doch gar nicht ...»

«Jetzt beruhige dich mal», sagte ich, obwohl mir all das auch durch den Kopf ging. «Wir können ihnen ja was basteln.»

«Oder wir lassen uns ein bisschen Arabisch beibringen, damit wir alleine loskönnen, um was für sie zu kaufen.»

«Vor allem braucht ihr La, Schuhkran», begann Anja am Abend ihre erste Lektion Arabisch für Weihnachtseinkäufer. Pierre nickte.

«Das braucht ihr für Schuhputzjungen und Postkartenverkäufer und überhaupt. Das heißt nämlich nein, danke schön.»

«La Schuhkran», wiederholten wir.

Ich konnte es mir gut merken, denn was ein Schuhkran ist, wusste ich – ein Kran, der Schuhe hochhebt. Ich merkte mir auch die anderen Worte mit Eselsbrücken. «Merhaba» heißt guten Tag, und ich merkte es mir mit folgendem Kinderlied: «Merhaba Hunger, Hunger, Hunger. Merhaba Hunger, Hunger, Hunger. Merhaba Hunger, Hunger, Hunger. Merhaba Durst.»

«Ma Salameh heißt auf Wiedersehen», sagte Anja, und Pierre nickte.

Matthias und ich spielten einen kleinen Dialog durch, um uns ma Salameh zu merken.

Matthias: Hast du ma Salameh gesehen?

Ich: Ob ich da Salameh gesehen hab?

Matthias: Ja, ma Salameh.

Ich: Ich hab nur ma Blutwurst gesehen.

Matthias: Nee, ma Salameh.

Pierre nickte.

Als Nächstes lernten wir bitte. Für das Wort dachten wir uns auch einen Dialog aus. Der spielte an der Küste. Matthias und ich tragen dabei Friesennerz.

Matthias: Ick mutt denn ma.

Ich: Mutt du to Henning?

Matthias: Jau.

Ich: Aber datt schüttet.

Matthias: Datt is mir einerlei. Ick nehm min Fatlack.

Anja überzeugte unsere Eselsbrücke nicht so recht. «Was ist denn ein Fatlack?»

«Watt een Fatlack is, willst wissen, meen Deern? Joa, ick brauch min Fatlack, wenn's schüttet.»

Anja sagte, dass das doof ist. Pierre nickte.

Dann gibt's noch «Ach lan wa sach Lan». Das reimt sich halt. Das kann man sich merken. Das heißt willkommen, und man braucht es überhaupt nicht, weil man als Gast in Syrien die Syrer ja nicht willkommen heißen muss, sondern selber ständig willkommen ist und meistens auf Englisch.

Zum Schluss brachte uns Anja zwei Sachen bei, die syrische Händler häufig sagen. Das eine war «Bukra!». Das heißt «morgen», aber «Bukra» heißt nur, dass morgen auch ein Tag ist, und das ist ja auf jeden Fall richtig, und so kann man Bukra wieder Bukra sagen und überbukra wieder Bukra. Oft sagt der nette Händler: «Bukra, inch Allah!» Also «morgen, so Gott will». Anja sagt, dass sie meistens Bukra nicht noch mal in den Laden geht, denn inch Allahs Wille ist sehr groß und mächtig und sehr gemütlich. Oft sagen die Händler «Mawil Muschkile». Das heißt «kein Problem», und auch das ist gelogen und die volle Wahrheit, denn für den freundlichen, entspannten Händler ist es «Mawil Muschkile», dass er das gewünschte Produkt nicht dahat, und es ist auch «Mawil Muschkile», ob du ihm glaubst oder nicht. Und es ist auch «Mawil Muschkile», wenn du Tabak für die Wasserpfeife kaufst anstatt Milch. Eigentlich ist alles «Mawil Muschkile», wenn die Sonne scheint.

Pierre nickte und lächelte. Dann ließ er mit einem Schnürsenkel die Katze die Wände hochspringen. Dabei lachte er.

«Wie findest du ihn?», fragte Anja leise.

«Er ist süß», flüsterte ich. «Wie gut versteht er eigentlich Deutsch?»

«Daas at ör verstande», sagte Pierre.

«Und er auch», sagte Matthias.

Die Katze schlief in der Nacht nicht bei uns, aber ich konnte mich trotzdem nicht an Matthias kuscheln.

«Wolln wir nicht mal wieder? Ich dachte, dass wir im Urlaub ein bisschen?»

«Bukra!», sagte Matthias.

«Mawil Muschkile», antwortete ich.

Am nächsten Morgen lag ein Zettel in der Küche, auf dem stand, dass Anja und Pierre bis Mittag in der Stadt wären.

Wir nutzten die Zeit und schnitten Blechsterne aus leeren Katzenfutterdosen.

«Das kann man nicht verschenken!», sagte ich. «Das sieht schrecklich aus.»

«Aber wir wussten ja auch nicht, dass die Weihnachten feiern wollen. Wer soll denn das ahnen, bei gesunden jungen Menschen weit weg von zu Hause? Das haben sie nun davon», und Matthias hielt einen der hässlichen Katzenfuttersterne hoch.

Ich machte das Radio an. Es kam Jingle Bells auf Arabisch.

Nachmittags gingen Matthias und ich allein in die Stadt. Weil Matthias seinen Bart gekürzt hatte und wir beide eine Mütze trugen, wurden wir nicht mehr ganz so viel angelacht und ausgelacht.

Trotzdem fanden die Einheimischen uns bemerkenswert.

Wir sie auch.

Die Männer stromerten wie Katzen durch die Stadt. Bei vierzig Prozent Arbeitslosigkeit im Land logisch. Sie saßen auf Plastikstühlen mitten auf Verkehrsinseln, als wäre es gemütlich. Sie rauchten Wasserpfeife im Laufen. Der Sohn trug die Pfeife und lief nebenher. Sie sahen gerne zu. Ein Mann hackte auf einem Stein herum, und vier Männer sahen zu. Ein Mann wechselte einen Autoreifen, und sechs Männer sahen zu. Sie trugen Schaufeln herum oder spielten Schach.

Auch die Frauen waren bemerkenswert. Im Reiseführer hatte gestanden, dass Frauen zum Innenbereich gehörten, wie Möbelstücke. Dafür liefen ganz schön viele Möbelstücke herum. Anja hatte gesagt, dass in Syrien die Frauen nicht unterdrückt sind, sie durften Kopftuch tragen. Sie durften auch enge Hosen anziehen. Sie durften Auto fahren und in Begleitung eines Mannes in jedes Café rein.

«Was wollen wir also kaufen?», fragte Matthias.

Es gab Tee, Gewürze, Tücher, sehr schön geflochtene Stühle, Hocker und Bänke, Schmuck.

Wir hatten keine Chance gegen die charmanten Händler. Wir kamen mit Datteln zurück.

Abends versuchten wir wieder, etwas zu basteln. Dazu hatten wir den Müll vorm Haus durchwühlt und mit ins Zimmer geschleppt. Ein Nachbar hatte uns beobachtet. «Christmas!», sagten wir zur Erklärung. Er nickte. Vielleicht hatte er keine Ahnung, was Christen an Christmas machen. Und im Grunde genommen hatten wir nicht so sehr gelogen. Christen schenkten sich zu Christmas jede Menge Müll.

«Habt ihr schon Durchfall?», fragte Anja am nächsten Morgen.

Hatten wir nicht, und Anja sagte, nun sei es so weit, wir würden richtig arabisch essen gehen. Pierre nickte.

«Wir können sonst am Wochenende nicht nach Palmyra fahren. Besser ist, wenn ihr den Durchfall vorher bekommt und es euch dann bis Freitag wieder besser geht.»

«Okay», sagten wir tapfer und gingen los. Wir aßen richtig arabisch. Richtig lecker. Dann warteten wir eine Weile, und als nichts passierte, beschlossen wir, Postkarten an die Lieben daheim zu schicken.

Während die Männer Postkarten kauften, kümmerten wir uns um die Briefmarken.

Wir stellten uns an einem Schalter an. Der Mann hinter dem Schalter bediente aber gerade nicht. Er tat irgendwas.

«Pass auf», flüsterte Anja. «Jetzt lernst du syrisch Tetris kennen.»

Die Schlange in der Post wuchs, aber nicht hinter uns, sondern um uns herum. Syrisch Tetris heißt, einen kleinen Teil eines Raums mit möglichst vielen Körpern zu füllen, obwohl insgesamt genug Platz für alle wäre, in dem man sich gut verteilen könnte. Aber es ist schöner, zusammen an einer Stelle zu stehen. Da, wo ein Körper ist, kann in Syrien sehr wohl noch ein zweiter sein.

Sobald ich mein eines Bein einknickte, hatte ich ein fremdes Knie in meiner Kniekehle. Das ist eben Aufrutschen. Obwohl sich vorne nichts tat, rutschten alle ununterbrochen auf. Ich kratzte mich am Kopf, sofort legte eine alte kleine Frau ihre Hand mit dem Bündel Briefe auf die Ablage neben mir. Nach dem Kratzen musste ich meinen Arm woanders lassen. Ich legte ihn auf die Ablage neben dem Mann vor mir, als er in seiner Jacke kramte. Musste er jetzt halt seinen Arm woanders lassen. Wir verdichteten uns immer mehr, bis wir dem Mann hinterm Schalter im Gesicht standen und er uns bediente.

Als wir wieder aus der Post raus waren, feixten Anja und ich in Erinnerung an die deutschen Postämter und die Deutschen, wie sie da geduldig hintereinanderstehen und sich an das halten, was auf den Schildern steht. «Bitte Abstand halten!» In den syrischen Postämtern müssten ganz andere Schilder stehen. «Bitte ganz eng aufrücken!»

«Was is'n so lustig?», fragte Matthias und gab mir einen Kuss.

«Ach, erzähl ich dir später, inch Allah. Habt ihr Postkarten?»

«Nur Datteln», sagte Matthias, und Pierre nickte.

«Worüber würde sich denn Pierre freuen?», versuchte ich Anja auszuhorchen. Es war so schon schwer genug, jemanden zu beschenken, der nur nickte, aber hier kam noch die Schwierigkeit dazu, dass wir ja in Syrien waren. Bestimmt gab es hier keine Wackeldackel, und ich würde auch kein Exemplar von «Der kleine Nick» auf Arabisch auftreiben können.

«Pierre», sie überlegte, «ist eigentlich ein sehr zufriedener Typ. Am liebsten hat er Sex.»

«Aha», sagte ich. Und dachte, «prima, das würde ich Matthias sagen».

«Wenn du wegen Weihnachten meinst ...» Anja schaute mich seltsam an. «Wir wollen eigentlich keine materiellen Sachen, und wir haben für euch auch eher – also wir wissen noch nicht genau, ob es klappt, was wir euch schenken wollen.»

«Aha», sagte ich wieder.

Abends auf dem Klappsofa versuchten Matthias und ich, ein Gedicht zu schreiben.

Zu Weihnachten
sind wir hier, denn
wir mögen euch
und das schnurrende Geräusch
das eure Katze macht
Oh, Heilige Nacht

Da der versprochene Durchfall auch am nächsten und übernächsten Tag auf sich warten ließ, machten wir uns auf nach Palmyra.

Ein Leihauto, zwei Thermoskannen, genug Datteln, und los ging's.

Die einzige Verkehrsregel, die es gab, war: Spiele syrisch Tetris. Wenn das aus unerfindlichen Gründen mal zu Komplikationen führen sollte, dann galt die folgende Verkehrsregel: Immer hupen! Hupen war normale Kommunikation. Die Taxis hupten, wenn sie frei waren, um zu sagen: «Hallo, hier ist ein Taxi!» Und die Busse hupten, wenn sie vorbeifuhren, denn man stieg nicht an Bushaltestellen in Busse, sondern da, wo man den Bus traf. Wer nicht Arabisch konnte, konnte allerdings sowieso nicht Bus fahren, denn an den Bussen gab es keine Nummern, sondern nur Schrift, die man schnell lesen können musste, sonst war der Bus wieder weg.

Taxi fahren konnte jeder, sagte Anja. Man muss dem Taxifahrer nur sagen, wo man hinwill, und dann nimmt er einen mit. Oder nicht. Manchmal muss man bis zu vier Taxis anhalten, bis einem Fahrer das Fahrziel gefällt und die Preisverhandlung im Voraus gut verläuft.

Eine andere Verkehrseigenart der Autofahrer in Damaskus war, dass sie bei Rot bis vor die Ampel fuhren und dort warteten, bis wieder Grün wurde. Allerdings sahen sie vor der Ampel natürlich nicht, wenn wieder Grün war. Das machte aber nichts, weil die Autofahrer hinter dem ersten Auto, das vor der Ampel stand, zu hupen begannen, wenn es Grün wurde.

Als wir aus Damaskus raus waren, wurde die Fahrt weniger aufregend. Wir fuhren durch die Wüste. Ein Hund rannte eine Zeitlang ein bisschen entfernt neben dem Auto mit.

Wir fuhren durch kleine Siedlungen, wo man uns so anglotzte, dass ich immerzu den Satz «Eines Tages kamen Fremde in die Stadt» denken musste. Wenn wir Pause machten, schenkte man uns Mandarinen und lachte uns an und aus.

Die Häuser waren fast alle unfertig. Es wird gebaut, wie Geld da ist, erzählte Anja. Wenn Mieter einzogen, konnte der Vermieter mal wieder eine Wohnung fertig machen, in die dann Mieter einzogen, und der Vermieter konnte deshalb wieder eine Wohnung fertig machen. Es wurde vor allem vorausschauend gebaut. Fast jedes Haus hatte die Voraussetzung für noch ein Stockwerk. Die Streben und Drahtgerüste standen in die Höhe. Ganze Orte sahen so aus. Irgendwann würde Geld für den nächsten Stock da sein. Bezugsfertig war ein Haus, wenn man die Wäsche raushängen konnte. Dann stellte man noch Pflanzen in alten Farbkanistern aufs Dach zwischen die Streben, und alles war «Mawil Muschkile».

Bis wir in Palmyra waren, gab Anja noch eine kurze Unterweisung in Nummernschilderologie.

Die roten waren die normalen, die gelben waren Diplomatenwagen, die grünen Militärfahrzeuge. Über die schwarzen Nummernschilder wusste Anja nichts. Dann gab es noch die handgemalten Nummernschilder, direkt auf die Karosserie geschrieben. Außerdem existierten längliche und quadratische. An einigen Autos waren viele Löcher ums Nummernschild herum, von den Nummernschildern früherer Zeiten. Da müssten sich fast schon Bibelforscher für interessieren.

Während der Fahrt hörten wir dreimal Jingle Bells auf Arabisch. So langsam konnte ich mitsingen.

In Palmyra standen viele alte Ruinen rum, alles voller Säulen, Rundbögen, alter Kanalsysteme, Grabhäuser. Das zog natürlich Touristen an. Normalerweise. Aber nicht im Winter. Darum wurden Anja, Matthias, Pierre und ich sofort von einer Horde Verkaufsjungs bestürmt. Wir zeigten, dass wir schon alles hatten: Fotofilme, Postkarten, Reiseführer. Na gut, ein Kamel hatten wir noch nicht, aber wir wollten auch keins. Die Jungs auf den drei Kamelen verfolgten uns hartnäckig. Wir machten furchtbar kitschige Fotos bei Sonnenuntergang, und die Kamele schrien. Die Jungs gingen mit den Kamelen um, als wären es Fahrräder. Wir witzelten darüber, wie so eine normale Kindheit mit Kamel aussieht: dass Ali bei Ismael klingelt und fragt, ob Ismael mit seinem Kamel runterdürfte. Nein, sagt Ismaels Mutter, das Kamel hat Stubenarrest, weil es den Großneffen gebissen hat. Wir lachten. Die Jungs lachten mit, ohne etwas verstanden zu haben. Die Kamele lachten auch.

Abends gingen Matthias und ich ein bisschen allein die Hauptstraße von Tadmur auf und ab.

«Verdammt, wir haben immer noch nichts zum Schenken.»

«Anja könnte man vielleicht einen Gutschein für irgendwas basteln, damit sie sich dann alleine was kaufen kann. Weißt du inzwischen, was Pierre so mag?»

«Dich!», sagte Matthias.

«Quatsch!», sagte ich, und mir wurde etwas warm obenrum und untenrum.

«Doch, doch, wie der dich immer ankuckt.»

«Na ja, aber selbst wenn, mich können wir nicht zu Weihnachten verschenken. Solange du mich behalten magst, bleib ich bei dir.»

«Nee, sonst weiß ich nichts über ihn. Er nickt ja immer nur.»

Wir versuchten, etwas in Tadmur zu kaufen, aber die Händler hatten wieder ihren Spaß. Gut gelaunt trieben sie ihren Schabernack mit uns, schenkten uns Mandarinen, gossen uns Tee ein.

Die Verkaufsgespräche hatten nichts mit Logik zu tun. Das mehrmalige Wiederholen eines Satzes war ein Argument. Ein Teppichverkäufer sagte, er würde uns den *flying carpet* verkaufen. Da kann ich schon nicht mehr mit ernster Miene «La Schuhkran» sagen. Ich lächelte also, und schon legte der Händler los.

«Ah, where do you come from?»

«Germany.»

«Ah, Germany. Germany is good. Good football. And which town?»

«Berlin.»

«Ah, Berlin. You are welcome.»

Er hätte Chemnitz auch gut gefunden. Ich nahm mir vor, nächstes Mal Chemnitz zu sagen. Und als ich so glaubte, dass das Gespräch beendet sei, und mit Matthias wegbummeln wollte, lief uns der Teppichhändler nach und drückte mir eine komplett arabisch beschriebene Visitenkarte in die Hand. Ich sagte: «La Schuhkran.»

Er fragte: «What do you looking for?»

«Nothing», sagte ich und winkte ab.

«Ah, I have nothing», und schon waren wir in seinem Laden.

Zack, zwei Kilo Datteln.

Wir übernachteten in Palmyra. Das Hotel war relativ leer und sehr, sehr billig. Aber es war trotzdem nicht das schlechteste Hotel, in dem ich je geschlafen habe. Das schlechteste Hotel, in dem ich je geschlafen habe, war ein Hotel in Kassel. Der Teppich im Zimmer sah aus, als wäre schon jede Art von Verbrechen darauf begangen worden.

Natürlich hatte Matthias keine Lust auf Sex. Ich war langsam frustriert.

Kurz bevor ich einschlief, ich dachte gerade an Pierre und wie toll er nickte, da sagte Matthias: «Hast übrigens recht. Anja hat zugenommen. Steht ihr aber.»

Ich wollte gar nicht wissen, was ihm stand.

Wir blieben noch den nächsten Tag in Palmyra, sahen uns weiter Ruinen an und die Burg. Ein wunderschöner Tag. Ich kuckte, ob Pierre kuckte, sah aber nur, dass Anja kuckte, ob ich kuckte, ob Pierre kuckte. Noch dazu kuckte Matthias nicht, ob ich kuckte, ob Pierre kuckte, sondern er kuckte, ob Anja kuckte, ob Pierre kuckte.

Okay, sagte ich mir, wir waren erwachsen. Alles Mawil Muschkile.

Inzwischen hatte ich die Hoffnung auf Durchfall aufgegeben. Wir aßen extra an einem dreckigen Imbiss Schawarma und ließen das Brot auf die verklebten Imbissfliesen fallen, nur um es aufzuheben und aufzuessen. Der versprochene Durchfall kam nicht. Waren Matthias und ich am Ende keine guten Europäer?

Abends fuhren wir nach Damaskus zurück.

Mitten in der Wüste platzte der rechte Hinterreifen. Wir hielten im Staub neben der nicht beleuchteten Autobahn und stellten das Warndreieck auf, in der Hoffnung, dass die vorbeifahrenden Autos Scheinwerfer hätten, denn das war nicht unbedingt der Fall. Pierre machte sich daran, den Reifen zu wechseln, und ich musste mal. Die Scheinwerfer leuchteten ewig weit in die Wüste rein. Ich hätte so irre weit laufen müssen, um mich im Dunkeln hinhocken zu können, dass ich lieber nicht mehr musste.

Anja sagte, ich müsse mich ja nicht mit dem Hinterteil zur Autobahn hinhocken.

Matthias sagte, ich solle lieber gehen, weil es noch weit nach Hause sei.

Anja sagte, dass es noch eine Stunde dauern würde, weil man mit dem Ersatzreifen nicht so schnell fahren könne.

Matthias sagte, ich solle es wirklich lieber erledigen, wenn ich mal müsste.

Anja fragte, warum Matthias unbedingt wolle, dass ich pullern ginge, er habe doch mein Hinterteil oft genug gesehen.

«Aber noch nie in der Wüste!», sagte Matthias.

Ich sagte, sie sollten nicht mehr über das Thema reden, dann würde es schon gehen.

Also redeten wir darüber, wie schön der Himmel war. So viele Sterne, so viele Sterne wie noch nie. Pierre verstand wie immer, worüber wir sprachen, und sagte beipflichtend: «Schönen Himmel!» Anja, Matthias und ich prusteten los. Pierre verstand nicht, was daran so lustig sein könnte. Anja erklärte ihm, dass «Schönen Himmel!» wie ein Wunsch oder eine Begrüßung klänge. Als ob es sich die Sterbenden im Lazarett zurufen, oder der Pfarrer sagt es bei der Letzten Ölung. Ja, und schönen Himmel noch!

Als Pierre fertig war mit Reifenwechseln, fuhren wir weiter.

Dreimal Jingle Bells auf Arabisch später waren wir kurz vor Damaskus und hatten einen kleinen Unfall.

Wie konnte das nur passieren? War es, weil der Verkehr vor Damaskus wieder dichter wurde? Weil wir mit dem Ersatzreifen fuhren? Weil da gerade eine Kurve war? Weil Pierre zu schnell fuhr oder weil der Syrer mit seinen vier verhüllen, nicht angeschnallten Töchtern auf der falschen Seite fuhr ...? Alles so ein bisschen, würde ich sagen, aber das Letzte am meisten. Noch dazu kamen uns *zwei* Wagen entgegen, weil sich die syrische Familie auf zwei Wagen verteilt hatte und doch so gerne nebeneinanderfuhr. Und weil die Syrer auch gerne neue Leute kennenlernen, stiegen alle aus und stellten sich um die beiden Autos, die vorne wie Puzzleteile ineinanderpassten. Sie sprachen kaum Englisch, wir kaum Arabisch. Die Diskussion beschränkte sich auf das vorwurfsvolle Zeigen der Schäden. Der Syrer pulte traurig Scherben aus seinen Scheinwerfern, und Pierre zeigte auf seine Stoßstange. Das wenige Englisch reicht aus, damit sie behaupten konnten, wir wären schuld, weil wir zu schnell gefahren wären. Ja, aber eben auf der richtigen Seite, sagte Pierre. Da der zweite Wagen der kontaktfreudigen Familie neben unserem gehalten hatte, stauten sich hinter ihm die Autos, die aus Damaskus kamen, und hinter unserem Auto diejenigen, die nach Damaskus wollen. Wir waren dankbar, dass uns niemand hinten reinfuhr und behauptete, wir wären zu langsam gefahren. Diese Episode hat wie eine gute Kurzgeschichte ein offenes Ende. Denn irgendwann fuhren die Unfallbeteiligten einfach auseinander, ohne Polizei oder irgendwas. Die syrische Familie stieg ein, alle verhüllten Frauen schnallten sich wieder nicht an, denn sie waren durch die Verschleierung ausreichend vor allem geschützt.

Es vergingen zwei Tage, in denen Matthias und ich versuchten, Weihnachtsgeschenke zu besorgen. Parallel zu unseren Dattelvorräten wuchsen unsere Fertigkeiten, mit Küchenmessern aus Katzenfutterdosen feinen Schmuck herzustellen.

Am dritten Tag, als Matthias und Pierre schon zum zweiten Mal duftend und rot glühend aus einem Hammam zurückkehrten, beschlossen Anja und ich, dass wir diese Erfahrung auch machen wollten.

Montags von acht bis siebzehn Uhr durften Frauen in den Hammam Al Malek Al Zaher in der Altstadt, also gingen Anja und ich los, um herauszubekommen, was im Hammam so abgeht außer dreckigen Hautröllchen.

Im Vorraum, in den man direkt von der Straße kam, hockten halbnackte Frauen, die sich anzogen, auszogen, beteten oder Wasserpfeife rauchten. Da wir gar nichts weiter mithatten außer unseren schmutzigen Körpern, bekamen wir karierte Handtücher, Seife, Shampoo, Waschlappen und einen Schwamm. Wir wurden gefragt, ob wir komplett wollten – wollten wir. Really?, wurde noch mal nachgefragt, aber wir blieben dabei, obwohl wir ahnten, was das bedeutete. Dann wickelten wir uns in die Handtücher und gingen in den Waschraum. Der war rosa-fleischfarben gekachelt, und auf der Erde saßen nackte und halbnackte dicke und dünne Körper. Wir standen da wie Europäerinnen und wussten gar nicht, was wir machen sollten, bis zwei alte Frauen sich erhoben, mit ihrer ganzen Massigkeit auf uns zuschaukelten und uns das Handtuch wegrissen. Sie lachten zahnlos und schoben uns in die Dampfkammer. Dort saßen wir, bis wir schon lecker nach Hühnchen rochen, dann holten uns die zwei alten Frauen und teilten uns auf. Mich bekam die kleinere mit weniger Zähnen. Anja fiel der Dickeren in die Hände, die auch die Brutalere war. Wir sollten uns auf den Boden legen und ab und zu umdrehen. Dazu wurden wir in die Seite gepufft. Die Kommunikation über Hautkontakt haute überhaupt nicht hin, mit Sprache ging es auch nicht. Also lächelten wir mit Zähnen und die Wäscherinnen ohne. Das einzige Wort, das wir zur beiderseitigen Zufriedenheit austauschen konnten, war «okay». Meine Wäscherin verdrehte meinen Arm, fragte «okay?», und ich sagte «okay». Dann schrubbte sie mit einer Hand meine Schultern rot und hielt mit der anderen Hand meine Hände zwischen ihre riesengroßen, weichen Brüste. «Okay?», fragte sie. «Okay», sagte ich. Wir lachten uns an. Ihr Gesicht war zerknüllt herzlich.

Schon nach einer Minute hörte ich auf, mir über irgendetwas einen Kopf zu machen. Ich hatte alles am Eingang abgegeben, worauf ich sonst achtete: Persönlichkeit, Selbständigkeit, Intimsphäre, mein Portemonnaie, dass ich erwachsen war und mich eigentlich selber waschen kann. Ich war ein Klumpen Brotteig und wurde geknetet. Ich war ein Auto und wurde gewaschen. Ich drehte mich um, wenn ich mich umdrehen sollte, und meine Haut brannte. Mit einer Schüssel wurde mir immer wieder heißes Wasser über den Kopf gekippt. Meine roten Haare färbten aus, und mein Bauchnabel füllte sich rot. Die Wäscherin boxte mich, um mir zu sagen, dass ich mich auf den Rücken zwischen ihre Beine legen sollte. Dann seifte sie mir das Gesicht ein, schrubbte es und fragte «okay?» – «okay» sagte ich, und sie kippte mir heißes Wasser ins Gesicht. Sie fühlte sich überall weich an, bestimmt weil sie den ganzen Tag im Hammam saß und Touristinnenkörper wusch. Die moslemischen Frauen wuschen sich größtenteils allein, schauten aber interessiert zu, wie wir gesäubert wurden. Meine Wäscherin machte ein Gesicht, als ob es keinen Sinn hätte mit mir, ich war einfach nicht sauber zu bekommen. Dann zerbrach sie mir fast den Rücken. Das war die Massage. Als ich wieder zu mir kam und die knallrote Frau neben mir als Anja wiedererkannte, schmiss meine Wäscherin ein letztes Mal Wasser nach und lachte. «Merry Christmas», rief sie. «Okay», sagte ich.

Zur Erholung saßen wir in der Mitte auf dem Hitze-stein mit schönen Mosaiken und bekamen Mandari-nen geschenkt. Die Wäscherinnen machten eine Pause und aßen Pitabrot mit was Grünem. Wenn etwas von dem Grünen auf ihre Brüste kleckerte, spülten sie es mit einem Schwabb Wasser aus der Waschschüssel weg. Dann rauchten sie noch eine, und dann wuschen sie zwei Französinnen. Anja und ich machten das, was die anderen Frauen machen. Wir kuckten zu. Das sah ja echt verboten aus. «Okay?», fragte die Wäscherin die ver-drehte, knallrote Französin zwischen ihren aufgeweich-ten Schenkeln. «Okay», sagte die Französin.

«Habt ihr komplett genommen?», fragten wir die Män-ner zu Hause.

Sie grinsten.

Am 20. Dezember waren wir von der arabischen Weih-nachtsmusik aus dem Libanon weich gedudelt. Wir woll-ten einen Baum.

Die Christen in Syrien haben unechte Bäume. Wir wollten aber einen echten. Wir gingen zu einer Gärtne-rei. Der Händler zeigte uns eine Zypresse nach der ande-ren. Dann rupfte er von jeder einen Zweig ab und ließ uns daran riechen. Es machte fast den Eindruck, als ob die Menschen hier Pflanzen einzig des Geruches wegen kaufen. Nachdem er vier, fünf Bäume zerrupft hatte, sag-ten wir ihm, dass wir einen Christmastree suchen. «Ah!», machte er. «Aaaah!» Dann führte er uns tiefer in seine Gärtnerei hinein, machte weiterhin Geräusche wie «Das hättet ihr doch gleich sagen sollen». Wir freuten uns, weil wir dachten, dass er wahrscheinlich in einer Ecke einen geheimen Vorrat an Blaumanntannen hatte. «Christmastree», sagte der Händler dann und hielt uns eine Palme hin. Wir schüttelten den Kopf. «Christmastree», sagte der Händler wieder und hielt uns einen Rosenstrauch hin. Er zeigte uns Lemongras, rupfte davon für jeden ein Blatt zum Riechen ab, dann zeigte er uns Efeutute und jedes Mal sagte er voller Stolz «Christmastree». Da es uns in anderen Gärtnereien ähnlich erging, kauften wir am Ende dann doch eine Zypresse. Die roch wirklich gut.

Am Abend wollten wir Plätzchen backen. Wir rührten den Teig an, und dann waren wir zu faul zum Weitermachen. Wir aßen den Teig so und setzten uns vor den warmen Backofen. Dann aßen wir noch den Zuckerguss und die Streusel.

Der Muezzin rief, dass Allah groß und mächtig sei.

Am nächsten Tag, drei Tage vor Weihnachten, bekam ich Durchfall. Aber nicht von dem arabischen Essen, sondern vom Teig. Matthias bekam einen Tag später Durchfall. Ich war ihm einen Tag voraus, und er konnte mich fragen, wie es ihm morgen gehe würde. Ich brauchte ihn nicht zu fragen, wie es ihm geht, weil es mir ja am Vortag genauso gegangen war. Den Tag darauf bekam Anja Durchfall. Sicherlich auch vom Teig, und als wir am nächsten Tag Pierre fragten – da nickte er.

Bis zum 24. lümmelten wir auf dem großen Sofa im Wohnzimmer und schauten Filme. Erst Actionfilme, weil die besser passten, wenn immer jemand schnell zum Klo rannte. Countdown, 4, 3, 2, 1, GO! Manchmal spielten sich auch spannende Szenen vor der Toilette ab, wenn zwei gleichzeitig mussten.

Als es besser wurde, sahen wir Liebesfilme, aßen Datteln und sprachen über Zungenbrecher. Pierre versuchte,

uns den schwersten französischen Zungenbrecher bei-
zubringen: Ein Jäger, der ohne seinen Hund zu jagen
weiß, ist ein guter Jäger. Einjägerderohneseinenhund-
zujagenweißisteinguterjäger. Total leicht. Auf Französisch natürlich nicht. Dann gab es noch einen anderen
Zungenbrecher in Französisch, der davon handelte, dass
die Socken einer Erzherzogin trocken, sehr trocken
oder supertrocken sind. Sinnvoller sind die deutschen
Zungenbrecher auch nicht. Zum Beispiel Fischers Fritz.
Pierre sagte die ganze Zeit Frischers Fitz frisst frische
Frösche. Frische Frösche frisst Frischers Fitz. Er war so
süß. Ich lehnte mich gegen ihn. Niemand protestierte,
aber ganz langsam neigte sich Anja in Richtung Matthias.

Natürlich gab es auch arabische Zungenbrecher. Einer
geht so: Scharif schtara whoa Scharife schtarat Scherschaf. Scherschaf Schariif atwoal min Scherschaf Scha-
riife bi scherschaffähn whoa Scherschaf.

Das bedeutete, dass ein Typ sich ein Deckchen gekauft
hat, und ein Mädchen hat sich auch ein Deckchen
gekauft, und der Typ und das Mädchen haben die Deckchen verglichen und festgestellt, dass das Deckchen
vom Typ genau um ein Deckchen und ein halbes Deckchen länger ist als das Deckchen vom Mädchen.

Dann fielen uns keine Zungenbrecher mehr ein, und
wir versuchten es mit Zungenküssen.

«DAS haben wir uns gewünscht», sagte Anja. Und
Pierre, der nickte.

Erbe

Will er schlafen, stieben die Geräusche auf.

Gerade diese Nacht haben sich alle Männer im Ort besoffen, und nun singen sie auf dem Heimweg einen Kanon.

Das Laken klebt an seinem Rücken. Dieser Sommer will ins Guinnessbuch. Unterm Dach könnte man im Sommer keinen Mais lagern. Die Popcornexplosion würde das alte Haus endlich endgültig zerstören.

Valentin könnte sich einreden, dass er deshalb nicht mehr oft hier war. Im Sommer kocht das Haus ihm das Eiweiß, er wurde gestockt. Im Winter befürchtete er, dass ihm bei einer falschen Bewegung etwas nicht Durchblutetes abbrach. Den Ureinwohnern dieser unzivilisierten Gegend hingen die Erkältungen als Zapfen an der Nase. Außerdem hatte er wirklich viel zu tun.

Damit dreht er sich herum und versucht, ohne Landkarte und mit geschlossenen Augen den Schlaf zu finden.

Jedes Geräusch kommt hier einzeln daher. Ein Auto pro Stunde. Das ist nicht die schöne Ruhe auf dem Lande. Das ist Folter. In der Wohnung in der Stadt rauschte das Leben gleichmäßig und beruhigte Valentin. Alle wollten dort leben, wo er lebte, also war es richtig. Niemand wollte hier leben, wo er nicht mal schlafen konnte. Hier zogen alle weg oder starben. Der Ort war die Vorstufe zum Tod. Der Bahnhof wurde seit letztem Jahr nicht mehr angefahren. Die silbernen Züge rauschten durch und rissen im Fahrtwind ein paar Blätter von Birken nah am Gleisbett. Herr Sengwut, der einzige Taxifahrer, war gestorben, und niemand wollte der neue Taxifahrer sein.

Er konnte sich immer schlechter hier entspannen, je seltener er herkam. Er beobachtete genau, ob er mehr hustete, ob er sich schwach fühlte. Bevor er hier noch sterben würde, musste er immer schnell wegfahren. Das war nach spätestens einem Tag. Der Vater wurde gerade neu mit Medikamenten eingestellt. Das musste überwacht werden. Von ihm. Mehrere Tage.

Alles hier ist viel zu beladen. Alles im Haus ist etwas. Nichts ist einfach nur da und wird benutzt. Alles will etwas von ihm: Repariere mich, fasse mich an, willst du mich erben?, warum ziehst du nicht her?, warum bringst du das Kind nicht mit?

Er dreht sich um und versucht, den Gedanken den Rücken zu kehren. Er stellt sich schlafend, aber im Garten ist etwas. Im Ort tut sich nichts mehr, aber der Garten wurde darüber nicht informiert. Er produziert wie früher eine Menge Blatt, Holz, Tier und Frucht. Er schmatzt und keckert, knirscht und rauscht.

Vor allem macht so ein Garten nicht nur Geräusche, sondern auch Arbeit. Das hat Valentin schon hundertmal gesagt. Arbeit macht das. Der Garten, das Haus und der Vater. Die heimischen Pflanzen haben in einem Siegeszug alles umwachsen. Sie haben Wurzeln in alles geschlagen, sind über Buddelschippen hinweggewuchert und haben sie unter sich vergessen und verrosten lassen. Die Pflanzen, um die sich niemand kümmerte, sind das Schaukelgerüst auf der einen Seite hoch- und auf der anderen wieder hinuntergewachsen. Sie haben alles morsch, mürbe und moderig gemacht. Überall haben sie sich ausgesät. Die Zeiten von Beet und Rasen sind längst vorbei. Der Garten ist eine von Menschen unbesiedelte Landschaft, wild und dicht, eine Großstadt für jedes Ungeziefer, das im Unkraut wohnt. Ein Ungeheuer aus Unkraut. Hier in dieser Gegend ist der Garten genau am ruhigen Puls der Zeit, denn nicht mehr lange, und alles hier wird so aussehen. Es wird Mode sein, dass hier keine weitere Mode vorbeikommt.

Die noch lebenden Nachbarn reden über diesen Garten, na, seit Jahren reden sie schon. Über das Haus reden sie auch. Es verfällt so sehr, dass man es nicht mehr reparieren kann. Hier lohnt sich ein Werterhalt nicht, und wenn das mal beschlossen ist, dann ist gar kein Wert mehr da.

Valentin will das Haus nicht reparieren, übernehmen, retten und schon gar nicht erben. Er will, dass der Garten langsam Wald wird. Es wird kein Mensch mehr da sein. Auf dem Dach wachsen Bäume, die ihre Wurzeln durchs Gebälk schieben und auf dem Hängeboden nach rostigem Hausrat greifen. Das Haus wird von Tieren besetzt.

In der Küche klappert etwas.

Wie soll er denn je so einschlafen?

Es klappert noch mal. Die Tiere kommen bereits. Oder der Vater wird ein Tier. Bis die neuen Medikamente wirken, läuft er umher. Er tritt auf der Stelle von Fuß zu Fuß, oder er läuft eine Runde durch Küche, Stube und Flur, Küche, Stube und Flur, Küche, Stube und Flur.

Valentin dreht sich in dem durchgelegenen Bett auf den Rücken. Generationen haben hier ihre Hinterteile hineingelegt und die Matratze zu einer Hängematte gebeult. Wenigstens die Matratze könnte man auswechseln, überlegt Valentin, aber jedes «könnte man» betrifft ihn: Man müsste die Hecke schneiden, die Löcher im Weg ausbessern, die Kirschen pflücken, sich mehr um den Vater kümmern, ist kein anderer man, nur Valentin. Darum möchte er noch ein Kind mit Jola. Die Kleine soll später, wenn sie groß ist und er der Alte, nicht die einzige man sein. Wenn er dann auch hin und her laufen wird. Denn die Krankheit ist erblich. Kann sein, dass er dann auch – Küche, Stube, Flur, Küche, Stube, Flur.

Er kann das Kind nicht herbringen. Sie würde im Garten verschwinden, über den alten Baumstammtisch fallen und sofort von den außer Kontrolle geratenen Pflanzen überwuchert werden. Im Regal im Schuppen warten die vielen Buddelsachen auf sie, aber in einem morschen Sack, der reißen wird, sobald ihre kleine Hand daran zieht. Alles wird auf sie herunterfallen, es wird Spinnenleichen aus Kuchenförmchen schneien. Das Regal wird vor Erleichterung in sich zusammenbrechen, wenn man es auch nur einmal ansieht.

Das aufblasbare Planschbecken wird sich auseinanderfalten und über das Kind stülpen, aus den hellblauen, dreckigen Plastikfalten werden Ohrenkneifer kriechen. Ist sie nicht viel zu klein für dieses Haus und diesen Garten, die beide gar keinen Unterschied mehr erkennen lassen – zwischen Zivilisation und Natur, zwischen geschützt und ungeschützt? Sollte ein Haus nicht schützen? Die Viecher hier stürzen sich auf die wenigen Menschen, die es noch gibt. Hat ein kleines Kind genug Blut für so viele Mücken?

Natürlich könnte man das alles freischneiden, trimmen, harken, spachteln, neu verlegen, putzen, stopfen, einen Keil drunterschieben, wischen, malern und dann erben. Aber Valentin wollte nicht man sein.

Wenn er das Haus wieder zu einem Haus machen sollte, könnte er genauso gut ein neues bauen. Er könnte mitten im Wald versuchen, einen Garten anzulegen. Soll der Garten doch verkommen. Und der Vater? Der lief unten umher, Küche, Stube, Flur, Küche, Stube, Flur.

Haus, Garten und Vater nahmen sich nichts. Wenn er den Vater besuchte, musste er sich schämen. Die Scheißhausfliegen von Nachbarn kamen geflogen und setzten sich schillernd auf den größten Misthaufen im Ort. Sein Vater mit seinem Garten und seinem Haus war ein Misthaufen. Die anderen hatten Gärten mit Wegen und Beeten, alles neunzig Grad, sie hatten Hunde an Leinen und Kinder, die mit Blumensträußen zu Besuch kamen. Sie hatten Enkel und Schaukeln. Und einen Nachbarn, der stank. Und wenn dann der Stadtsohn kam, konnten sie angeflogen kommen und summen. Ach, schau an, ob er ihn jetzt mitnimmt. Heute hat ihm eine Frau, die er nicht kennt, im kleinen Laden erzählt, dass sie für den Vater einkaufen geht, ein lieber Mensch war das immer, so ein Netter, und sie tut das doch gerne. Obwohl sie mit ihrer Familie ja selber genug zu tun hat, aber so was tut man doch gerne.

Er steht auf und geht ans Fenster. Die Hitze macht schwachsinnig. Kein Windchen ist unterwegs. Wenn es eine Bewegung gibt, dann Verfall, und auch das nicht schnell genug. Er würde allem seinen Lauf lassen. Der Garten wird Wald, das Haus wird Wald, und der Vater, der macht immer noch etwas in der Küche. Er macht so viel, das der Sohn nicht versteht. Er bestand auf so vielen Ritualen. So und nicht anders. So wird man in diesem Haus. Das hat er davon. Hätte er bloß verkauft, als Mutter starb. Warum soll er zu ihm hier rausziehen? Er hätte doch zu ihnen in die Stadt ziehen können.

Nein, hier ist alles nur Arbeit. Wenn sie mal einen Garten haben, dann soll der Erholung sein. Dieser hier ist Kampf. Das hatte er oft gesagt, zum Kind, zur Frau, zum Vater. Der Garten hat kein Anfang und kein Ende. Der Vater ist zugewachsen und unklar. Das Haus ist irre. Der Garten ist alt. Der Vater ist verfallen. Der Garten ist schmutzig. Das Haus ist allein. Alles hat einen Dachschaden.

Valentin schaut raus in den Garten. Ob es hier früher nicht schön war, fragt er sich. Ob er hier glücklich sein könnte und ob das die richtigen Fragen wären. Was die richtigen Fragen wären, fragt er sich. Ob er undankbar sei, ob man undankbar sein darf, ob er dankbar sein muss, ob sein Vater wieder gesund wird und was der eigentlich die ganze Zeit in der Küche macht.

Valentin zieht sich seine Hose an und geht die Treppe hinunter. Im ganzen Haus riecht es, als wäre es unter die Erde gebaut. Die Stufen sind barfußgut. Alle Splitter, die man sich im Haus einziehen kann, hat sich schon jemand eingezogen, er, die Mutter, der Vater. Das Haus war abgegriffen und hatte in Splittern unter seiner Haut gesteckt.

Wie gut die Sommer hier waren, als man noch das Planschbecken aufstellen konnte, als es noch nicht zerlöchert war, als man sich noch in den Schuppen trauen konnte, als man noch die Wege fand im Garten, als man noch schaukeln konnte, ohne dass bei jedem Schwungholen Spinnen aus dem Efeu fielen und der Rost knirschte. Und wie wenig zu kalt waren die Winter, als man den Schlitten noch aus dem Schuppen holen konnte, eben weil man sich noch in den Schuppen traute, eben weil man sich noch in den Garten traute.

In der Küche sitzt der Vater und schläft auf dem Stuhl. Er rutscht in sich zusammen, fällt vom Stuhl.

«Tino, was machst du denn hier?»

«Und was machst du hier?»

«Ich schlafe hier. Und du?»

«Ich schlafe auch hier. Ich versuche es zumindest. Du hast mich aufgeweckt.»

Er bringt den Vater ins Bett, deckt ihn zu. Er sagt, was er zu seiner Tochter sagt: «Ich bin ja hier.»

«Wer ist da?», fragt der Vater.

«Tino, Papa!»

Brückentag

Ich bin aufgewachsen, wo die Stadt sich immer weiter
in die Felder schob. Neue Gebäude wurden auf frisch
abgeernteten Maisfeldern gebaut, und die Straße wurde
ein Stück verlängert. Als die Leute mehr Kinder bekamen, als bei Planung des Viertels errechnet worden war,
brauchte es eine zweite Schule. Als zweites Kind musste
ich auf diese Schule hinter der Schule, auf die mein älterer Bruder ging.

Diese Schule bekam den Namen eines Kommunisten,
genau wie die Schule davor den Name eines Kommunisten bekommen hatte.

Vom Hofzaun der Schule Kommunist Nummer zwei
konnten wir das kleine Wäldchen sehen, in dessen Mitte
ein sagenumwobenes Irrenhaus stand. Einer von denen
dadrin soll eine Frau beim Beten erstochen haben, mit
einem Geflügelmesser. In den Rücken habe der gesto-
chen, und dann seien der Frau Flügel gewachsen, und
sie sei weggeflogen, und weil man dem Mann das nicht
glaubte, ist er ins Irrenhaus gekommen. Hätte man ihm
geglaubt, wäre er jetzt im Knast, aber es konnte ja nicht
stimmen, das mit den Flügeln. Wenn die Polizisten ihm
das geglaubt hätten, wären sie jetzt auch im Irrenhaus.

Wir diskutierten darüber heftig.

Zwischen uns und den Irren gab es eine breite Wildwiese und einen kleinen Fluss, der Wuhle hieß. Die Erd-
kundelehrerin sagte, dass die Wuhle, unsere Wuhle, zum

Flusssystem Elbe gehört und ein Nebenfluss der Spree ist. Sie sagte außerdem, dass das Wuhletal eine eiszeitliche Schmelzwasserrinne ist. Was Lehrer eben so sagen.

Wir haben die Augen verdreht.

An der Wuhle war unsere Welt zu Ende. Aus einem Rohr in der Böschung floss oft dampfendes Abwasser. Wenn kein Abwasser aus dem Rohr kam, krochen wir rein und riefen «Hallo Echo» und «Oh Gott, wie das hier stinkt».

Wir trampelten einen Pfad in die Wildwiese, erst nur ein Kind schmal, dann zwei Kinder breit, denn Nicole wollte auch mal neben Antje zur Wuhle laufen. So hießen die Mädchen damals. Dann wollten wir auf dem Trampelpfad Fahrrad fahren, und dann wollte Frank neben Torsten fahren. So hießen die Jungs damals.

Aus dem Trampelpfad wurde ein Weg.

Die Jungs und die Mädchen waren genau einen Sommer davon entfernt, zusammen durch die Wildwiese zu gehen. Wir waren inzwischen zu groß, um uns im Stehen zu verstecken, und ganze zwei Sommer davon entfernt, uns zusammen im Liegen zu verstecken.

Eines Tages kam ein großer grüner Armeewagen der Russen, die wir Sowjetbürger nannten, manchmal auch Sowjetrussen, um unsere Lehrer aufzuregen.

Die Sowjetrussen kamen mit dem rostigen Wagen angeklappert, fuhren den von uns breitgetrampelten Weg entlang und luden an der Böschung der Wuhle Bauteile ab. Dann klapperten die Sowjetrussen wieder weg.

Wir eroberten die fremden Teile, die uns vorkamen wie von Außerirdischen vergessen. Es waren Stücke von einem Rohr. Außen Metall, dann eine Schicht Isolierung, dann wieder Metall. Die Isolierung war aus Glaswolle. Wenn man sie anfasste, juckten einem die Hände stundenlang.

Wir spielten Raumschiff. Ein Rohrteil war die Schleuse, eins die Kommandozentrale, eins der Schlaftrakt und eins die Roboterzentrale.

Die Russen kamen öfter. Irgendwann lag eine ganze Raumschiffflotte da. An einem Nieselregentag konnten wir aus dem Klassenraumfenster sehen, wie die Sowjetrussen alle Teile zusammensteckten.

Sie leiteten die stinkenden Abwässer durch unsere Raumschiffe.

Ab da hatten wir hatten eine Brücke über das Ende der Welt hinweg.

Wir rutschten breitbeinig über das Rohr. Zum Drüberlaufen war es zu glatt und zu rund. Die Wärme der Abwässer drin konnten wir durch die Isolierung spüren, durch die kurzen Hosen und sogar durch die Haut.

Vor allem an der Stelle, die bei den Antjes und den Torstens anders war.

Wir liefen manchmal bis zum Irrenhaus. Es gab dort ein Gehege mit einer dreckigen Ziege. Auch die Ziege sah irre aus. Angeblich durften die Irren auch spazieren gehen. In der Nähe des Irrenhauses sahen plötzlich alle irre aus. Wir rieten: Arzt oder Patient. Wenn uns einer sah, rannten wir und rutschten über das Rohr auf die sichere Seite.

Am Ende des Sommers kamen die Sowjetrussen wieder. Mit einem Panzer, der etwas schleppte. Wir klebten an der Scheibe vom Klassenraum. An Unterricht war nicht zu denken. Wir rissen die Fenster auf, um die Rufe der

Soldaten zu hören. Wir wollten doch fließend Sowjetisch lernen, sagten wir der Lehrerin.

Innerhalb einer Stunde war nicht weit von dem Abflussrohr eine Brücke über die Wuhle gebaut. Die Brücke konnte ausgeklappt werden. Eigentlich eine Kriegsbrücke, erklärte die Lehrerin. Der Panzer fuhr wieder weg. Die Brücke blieb. Ich dachte, dass das ein gutes Zeichen ist, wenn die Armee ihre Brücken in kinderreichen Neubauvierteln verbaut. Niemand rechnete also mit Krieg.

Wir rutschten trotzdem über das Rohr.

Es war warm.

Dann kam die Wende, und das Irrenhaus wurde vergrößert.

Der Nachtschrank

Wir heben den Nachtschrank hoch, Position A. Einer hinten, einer vorn.

«Aber dann muss ich die ganze Zeit rückwärtsgehen», sagt Anton.

«Genau, rückwärts», sage ich. «In der Zeit zurück.»

«Vorwärts immer, rückwärts nimmer», leiert Anton mit Honeckerstimme.

«Geh mal aus dem Weg», sage ich zur Tochter, die im Flur steht. «Papa fällt sonst über dich drüber.»

Wir tragen den Nachtschrank bis zur Wohnungstür und setzen ab.

«Du weißt echt nicht, wo der Schlüssel ist, Maus?», frage ich ein letztes Mal. «Denk doch mal nach. Dieser Schlüssel. So eckig, und hinten ein Bart.»

«EIN BART?», schreit die Tochter und lacht.

«Sagt man so. So heißt das vorne dran. Hast du den gesehen? Einen grauen Schlüssel.»

«Nein, keine Ahnung!»

Sie sagt «keine Ahnung» wie «Ist mir doch egal». Bestimmt ist die richtige Antwort: «Hab ich vergessen.» Die Tochter hat einen Kaufmannsladen, in dem alles verschwindet. Nachts kommen Fabelwesen und kaufen dort ein. Irgendeines dieser Fabelwesen muss den Schlüssel zu meinem Nachtschrank gekauft haben. Was macht das Fabelwesen jetzt damit? Das Tor zur Vergangenheit öffnen?

«Was ist dadrin, Mama?»

«Meine Tagebücher, Maus. Zieh mal die Schuhe an. Wir wollen zum Schuster.»

Wir heben wieder an. Position A getauscht. Ich vorne, Anton hinten. Es geht sich schwer so. Rückwärts. In der Zeit zurück. Das tut ein bisschen weh. Im Rücken. Und im Herz.

Wir heben wieder an. Fast fluche ich Wörter, die ich der Tochter verboten habe.

«Da sind ein paar Jahre drin», schnauft Anton. «Die schweren Jahre.»

Die Tochter drückt den Fahrstuhlknopf, drückt den Fahrstuhlknopf, drückt noch mal den Fahrstuhlknopf. «Wieso bringen wir den Schrank zum Schuster?»

Ich erkläre, dass der Schuster auch ein Schlüsselmacher ist und dass ich hoffe, dass er einen Schlüssel hat oder anfertigt, mit dem das Schloss wieder geöffnet werden kann.

«Warum hast du denn zugemacht, Mama?»

«Warum? Warum?», sage ich. «Weil's geht. Darum. Warum hast du den Schlüssel abgezogen? Weil's geht. Und warum leckt sich der Hund die Eier?»

Die Tochter schaut mich groß an: «Kolja hat doch gar keine.»

«Ja, unser Hund leckt sich nicht die Eier. Weil's bei ihm nicht mehr geht.»

Wir bugsieren das kleine Möbelstück in den Fahrstuhl. Anton erklärt dem Kind, dass dadrin Tagebücher sind. Und dann erklärt er, was Tagebücher sind, und dann, warum man Tagebücher oft einschließt. Damit sie nicht jeder liest.

Ich denke an meine Rechtschreibschwäche. Ich bin in Sachsen geboren. Für mich gab es keinen Unterschied von g und k, p und b, t und d. Das mag ja noch gehen, damit komm ich klar, wenn das jemand liest. Aber meine Pubertät, die war so pubertär. Es wäre besser, keine Beweise zu haben. Mit zwölf kam die Wende in mein Leben geballert wie ein Irrer mit der BRAVO in der Hand.

Meine Tagebücher aus diesen Jahren gehören verbrannt, auf jeden Fall weggeschlossen.

Der Fahrstuhl kommt unten an, und als ich denke, dass die Tochter erst mal keine weiteren Fragen hat, hat sie doch noch eine: «Warum willst du denn jetzt aufschließen, Mama?»

«Ich will nachsehen, ob die Tagebücher noch da sind.»

«Na klar sind die noch da. Sonst wäre doch der Schrank nicht so schwer.»

«Kluge Maus!», sage ich und hebe mit Anton den Schrank in Position C, einer links, einer rechts, und weil wir so nicht durch die Fahrstuhltür kommen, laufen wir beide seitwärts.

«Aber vielleicht sind ja auch nur lauter Wackersteine drin», sage ich, «Maus, mach mal die Haustür schon auf. Bitte!»

Wir laufen in Position D, einer links, einer rechts, beide vorwärts.

«Mama, sag doch mal, warum soll der Schrank jetzt auf?»

Nein, man kann Kinder nicht eine dumme Antwort für eine Antwort vormachen.

Ich weiß nicht, wo ich anfangen soll zu erklären. Ein Kollege hat mich gefragt, ob ich was zur Wendezeit schreiben will. Will ich nicht, habe ich sofort gedacht. Oder zur DDR? Will ich nicht, habe ich wieder gedacht. Ich hab die DDR ganz furchtbar geliebt. Das ist mir peinlich. Ich war zwölf.

Menschen, die die DDR nicht so geliebt haben, die können darüber schreiben. Schlimm, wie schlimm, schreiben die. Ach, wie lustig, ach, wie putzig, Gott, wie seltsam und irre, wie einzigartig. Und wenn sie in diesem einzigartigen Staat aufgewachsen sind, dann sind sie selbst auch gleich ganz einzigartig.

Ich hingegen, die ich die DDR ernsthaft geliebt habe, ich kann damit nicht angeben gehen. Das ist nicht lustig. Das ist peinlich. Doof und kindisch. Und ich war wenigstens zwölf. Die anderen in meiner Familie waren älter. Und da gab es systemnahe Tanten und Onkel und andere Dienstgrade im Familiengefüge.

Darüber kann ich nicht schreiben. Das sind nicht meine Geschichten. Das sind ihre Geschichten.

Und meine Geschichte?

Alle haben mir auf einmal gesagt, dass die DDR nicht toll war. Dass ich meine Liebe beenden soll. Das haben die Erwachsenen zu mir gesagt, die vorher sagten, dass die DDR toll ist. Das tollste kleine Land auf der Welt. Und diesen Erwachsenen fiel es ganz leicht, ihre Liebe einzustellen. Vielleicht war es bei denen gar keine Liebe gewesen.

Außerdem haben sich meine Eltern getrennt.

Ich war entwurzelt und entrindet.

Anton will wieder die Trageposition wechseln.

Ich schnaufe: «Ich will in den Tagebüchern etwas nachlesen.»

Auf der Straße bellt uns ein Hund an. Er ist schwarz und hat ein Gefühl dafür, dass diese Situation nicht ganz normal ist. Zwei mit einem Schrank auf der Straße. Bestimmt bellt er auch, wenn jemand drei Brillen im Gesicht hat. Ein sensibler Hund.

«Klappe, Alf!», sagt sein Herrchen.

«Was willst du in dem Tagebuch lesen, Mama?»

Ich sage, dass ich als Kind in einem Land war, das es nicht mehr gibt. Und ich sage, dass ich lesen möchte, was ich als Kind geschrieben habe über dieses Land, das es nicht mehr gibt.

In der Tochter wachsen Fragen, ich kann dabei zusehen. Plopp. Plopp. Eine nach der anderen. Wohin geht ein Land, das verschwindet?

«Wir reden nachher weiter, okay?»

Okay, findet sie und hüpft ihrer Umwege.

Endlich finden wir mit Trageposition F eine, die für uns beide erträglich ist. Beide seitlich, Schrank unten angefasst. Wir können uns gerade so über die Platte oben angrinsen. «So ist gut», sage ich. Da sind wir schon fast am Laden.

Die Tochter singt: «Der Schuster ist ein blöder Mann. Der klebt die Hacken vorne an.»

«Lass das!», sage ich.

«Was denn? Das sagt man so.»

Der Schuster ist kein blöder Mann, er ist ein komischer Mann. Er heißt Roman und ist aus Rumänien. So hat er sich vorgestellt. Seinen Nachnamen könne niemand aussprechen. Einmal bin ich zu ihm gegangen mit meinen ausgeblichenen roten Schuhen und habe ihn gefragt, ob er die wieder färben kann. Da hat er mich über seine

Brille angesehen. Nein, hat er gesagt. Und dann hat er gewartet, ob ich wieder gehe. Ich habe gefragt, die blassen Schuhe in der Hand, was man denn machen könnte. Die müssen Sie putzen, hat er gesagt.

«Habe ich ja schon», sagte ich.

Da hat er mich wieder über die Brille angesehen. Es ist ein ganz kleiner Mann, aber mit einem großen Blick. Ich frage, ob es vielleicht rote Schuhcreme gibt.

«So was gibt es», bestätigt er und wartet, dass ich jetzt endlich den Laden verlasse.

«Haben Sie so was?», wage ich mich noch einen Schritt weiter. «Rote Schuhcreme? Also, verkaufen Sie so etwas?»

Er kommt hinterm Tresen hervor, geht zum Regal neben mir, nimmt ein Döschen heraus und gibt es mir. Das alles mit einem Gesichtsausdruck, als hätte ich das auch alleine machen können. Das finde ich die Höhe, denn ich habe ja schon das Beratungsgespräch mit mir ganz alleine geführt.

Während ich soziale Programme laufen lasse, lächeln zum Beispiel und ein Sprüchlein machen: «Ach so, haha, da stehen die farbigen Schuhcremes», sieht mich Roman aus Rumänien weiter an und wartet, wann endlich die Ladenklingel klingelt, weil ich den Laden verlasse.

Ich gebe ihm Geld und Trinkgeld. Er nickt und geht nach hinten in seine Werkstatt. Vielleicht schleift er Vampirzähne in Schlüsselrohlinge. Ich bin sehr gespannt, was Roman aus Rumänien jetzt sagen wird, zu meinem Schrank und meinem Problem.

«Den müssen Sie öffnen», könnte er sagen. «Da brauchen Sie einen Schlüssel für.» Oder er könnte mich über seine Brille ansehen und sagen: «Schuhe, Schlüssel, aber keine Schränke.»

Als wir den Laden betreten, kommt Roman aus der Werkstatt.

«Schlüssel verloren!», sage ich und zeige auf den Schrank.

«Weil der Hund seine Eier leckt», fügt meine Tochter hinzu.

Roman sieht sie kurz an. Sein Mund lächelt nicht, seine linke Augenbraue schon. Während er sagt, dass er da nichts machen könne, kniet er sich vor den Nachtschrank hin und schaut in das Schloss hinein. Obwohl wirklich nichts zu machen sei, soll ich beschreiben, wie der Schlüssel aussah. Vorne, nicht hinten. Er schüttelt den Kopf. Da sei wirklich gar nichts zu machen. Dann nimmt er einen Schlüsselrohling, probiert ihn aus, schleift an ihm rum, probiert noch mal, schleift. Nein, da sei wirklich nichts zu machen, und schon hat er die Tür geöffnet.

Er sieht mich über die Brille an.

Ich sage: «Guter Mann!»

Er winkt ab.

Anton atmet ein, als hätte er, seit wir den Laden betreten haben, die Luft angehalten.

«Mama, der Schrank ist auf!»

«Ja, Maus, das sehe ich.»

«Mama, er hat es geschafft», schreit sie.

«Ja, ich höre dich.»

«Mama, jetzt kannst du über das Land lesen, das es nicht mehr gibt.»

Roman schaut mich über die Brille an. Ich frage ihn, was er dafür bekommt, immerhin hat er einen Schlüsselrohling verbraucht. Er winkt ab und sagt, dass er auch aus so einem Land kommt.

Tagsüberhaus

Ihr Kind war krank. Sie blieb zu Hause. Sie konnte endlich in der Küche saubermachen. Hinter dem Herd, im Kühlschrank, das Eierfach. Und sie konnte im Bad saubermachen. Den Staub auf der Heizung, das Waschbecken von unten.

Danach ging es ihr besser. Nur noch auf dem Balkon saugen. Das Kind schlief. Es hatte Fieber. Wenn es wach war, wollte es klare Brühe, Ananas oder dass die Kopfschmerzen aufhörten. Es wollte, dass Mama die Balkontür zumachte oder dass Mama die Balkontür aufmachte. Es hatte die Decke durchgeschwitzt. Es hatte Durst.

Sie wollte nicht auf dem Balkon saugen, solange das Kind schlief. Es lag in der Stube. Wenn es wach war, würde sie fragen, ob die Kopfschmerzen schlimm seien, und wenn nicht, würde sie den Balkon saugen.

Sie ging in die Küche, um sich einen Kaffee zu machen und etwas zu suchen, das noch schmutzig war.

Es klingelte. Aber es war nicht an ihrer Tür. Es war bei den Nachbarn rechts. Es klopfte. Bei den Nachbarn links.

Sie ging in den Flur und sah durch den Spion. Eine alte Frau unterhielt sich mit dem Mann von rechts und mit der alten Frau von links. Die redeten so laut, dass sie jedes Wort verstand. Die alte Frau war von oben und hatte einen neuen Teppich. Und sie hätte alles malern lassen. Ja, sagte die andere alte Frau.

Sie ging von dem Spion weg und zurück in die Küche. Sie fand nichts mehr zu putzen. Alles war sauber. Das Kind schlief. Sie konnte den Balkon nicht saugen. Sie nahm die Pfeife vom Wasserkessel, damit er nicht pfiff, wenn das Wasser kochte.

Die Nachbarn redeten sehr laut.

Sie sah wieder durch den Spion. Die alte Frau von oben fragte immer wieder, wer denn so etwas mache.

Wer macht denn so etwas?, sagte sie. *Wo doch alles neu war. Wer macht denn so etwas?*

Der Mann von rechts fragte sich das auch. *Und im Keller*, sagte er.

Ja, im Keller, sagte die alte Frau von oben. *Meine Schwester ist ja nicht mehr so gut auf den Beinen. Wer macht denn so was? Einfach die Matratze rübergeworfen.*

Also, ich versteh das nicht.

Sie ging wieder vom Spion weg. Wer macht denn was? Das Wasser kochte. Sie nahm, ohne zu klappern, eine Tasse aus dem Schrank und goss das Wasser ohne Plätschern auf das Kaffeepulver. Wenn sie die Nachbarn durch die dünne Tür hörte, dann hörten auch die Nachbarn sie durch die Tür.

Sie wollte mit dem Kaffee rüber in die Stube, aber dann blieb sie doch beim Spion stehen.

Und wochenlang hat dieses Kinderbett beim Müll gestanden. Aber wo die Ratte hergekommen ist, das möchte ich mal wissen.

Na hinter dem Bett, in der Matratze.

Aber wer macht denn so etwas? Das hat meine Schwester so traurig gemacht.

Seit Wochen ist das Licht im Keller kaputt, ich versteh das nicht. Der Herr Becker kümmert sich da überhaupt nicht drum.

Ach, der. Das trau ich dem ja zu.

Na, ich geh nicht zu dem.

Ich trau dem viel mehr zu. Wir kennen ihn ja.

Ja, wir kennen ihn alle.

Sie ging nachsehen, ob das Kind wach war. Sie kannte den Herr Becker nicht. Sie wohnte noch nicht lange hier.

Sie war wieder beim Spion.

... schon so lange auf der Kellertreppe. Und wie ich da gerade vorbeigehe ... Ich versteh das nicht.

Wer macht denn so etwas? Ne, ich geh nicht zu dem. Der macht ja dann auch nichts.

Erst war nur die eine Glühbirne kaputt. Jetzt gibt's da gar kein Licht mehr.

Und es wird Herbst. Wird doch jetzt immer dunkler.

Und das will ein Hausmeister sein.

Dann schrie eine Männerstimme von unten.

Was ist mit dem Hausmeister? Was ist mit dem Hausmeister? Was ist mit mir?

Sie ging zum Kind, denn es war aufgewacht, weil Herr Becker so geschrien hatte. Es wollte warme Milch mit Honig. Und Ruhe.

«Was schreien die denn so?»

«Ich weiß es nicht. Ich mach dir Milch.» Sie machte Milch mit Honig, ohne dabei zu klappern.

Sie brachte die Milch dem Kind und strich ihm über den Kopf.

Dann ging sie wieder zum Spion.

... müssen sie die einfach wieder reindrehen. Die ist nur ein biss-chen rausgedreht. Ich komme nachts um eins nach Hause. Man

muss auch mal was selber machen. Das eine sage ich Ihnen: Die Mieter müssen auch mal was machen. Nicht immer zum Herrn Neumann laufen und sagen, der Herr Becker hat dies und das. Früher. Früher hab ich viel mehr gemacht. Da hab ich Liebesbriefchen vom Neumann bekommen, dass ich mal die Mieter in Ruhe lassen soll. Jetzt mach ich hier nichts mehr.

Ja, aber Herr Becker, das mit der Kellertreppe.

Das mit der Kellertreppe ... die Kellertür ist ja auch immer auf. Man kann die doch wieder zuschließen, wenn man die aufgeschlossen hat.

Ich schließ immer ab.

Sie schloss auch immer ab. Sie brachte die leeren Tassen in die Küche. Eine Tasse klapperte an die andere. Leise ging sie wieder in den Flur.

Ich schließ hinten und vorn ab.

Ja, aber seit Tagen. Ich komme nach Hause, da sind die Türen auf. Vorn und hinten. Gestern war das Licht an.

Ob das die jungen Leute sind? Von unten. Dann müssen wir denen das mal sagen.

Ach, man darf ja nicht verdächtigen. Man muss sie erwischen. Morgen bin ich den ganzen Tag da. Da pass ich auf, wer nicht zuschließt.

«Mama, kann ich Pfirsiche haben?»

Das Kind stand im Flur.

«Pst», sagte sie, schickte es ins Wohnzimmer und nahm ihm die Tasse ab.

Es waren keine Pfirsiche da. Nein, Äpfel wollte es nicht. Es wollte Pfirsiche.

«Aber es sind doch keine da, Birnen?» Nein, Birnen wollte es auch nicht. Es wollte Pfirsiche.

«Das geht nicht. Schlaf!»

Sie ging zum Spion. Sie schloss immer hinten ab. Manchmal vorn nicht, mitten am Tag. Aber abends schloss sie vorn ab.

Und heute war ein Kratzbaum für Katzen im Müll. Das können ja nur die sein. Es hat ja sonst keiner eine Katze.

Das liegt doch dann wieder ewig.

Wenn da einer Feuer im Keller legt.

Wir müssen das den jungen Leuten unten sagen. Und die Zigaretten immer. Schrecklich!

Das war aber vorher nicht.

Man kann ja eine Unterschriftensammlung machen.

Also, das eine sag ich Ihnen, als ich das letzte Mal eine Unterschriftensammlung gemacht habe, haben zwei Leute unterschrieben, und Sie waren nicht dabei.

Herr Becker.

Nich Herr Becker, Herr Becker. Immer meckern. Immer meckern.

«Mama, und Dosenpfirsiche?»

«Pst.»

Das Kind stand neben ihr.

Sie nahm es an die Hand und ging mit ihm in die Stube, um nicht zu flüstern.

«Geht denn nicht ein Pfirsichjoghurt?»

«Nein!»

«Oder willst du Gummibärchen?»

«Ja.»

Das Kind bekam Gummibärchen und ging wieder ins Bett. Du hast ganz kalte Füße. Sie zog dem Kind Socken an.

Sie ging zum Spion zurück. Aber das letzte Mal, nahm sie sich vor.

... der Neumann zu mir gesagt, ich solle das Putzmittel selber bezahlen. Als meine Frau noch lebte. Und kucken sie sich doch mal die Türen an. Fleckig. Wer hat denn hier schon mal die Wohnungstür von außen sauber gemacht?

Ich hab schon mal.

Aber schauen Sie sich die doch mal an.

Er klopfte an die Tür, hinter der sie stand. Sie ging in die Küche und suchte Pfirsiche oder etwas Dreckiges. Sie wischte den Staub vom Fensterbrett. Sie ging in den Flur.

Wer macht denn so etwas? Heute erst hab ich gehört, wie jemand auf die Treppe gespuckt hat. Ich konnte aber nicht sehen, wer es war. Das gab's doch früher nicht.

Und das eine sag ich Ihnen.

Herr Becker.

Das eine sag ich Ihnen. Ich mach das nicht weg. Und das Blut auf der Kellertreppe.

Was ist da nur passiert?

Ich mach das nicht weg. Hier. Ich hab 'ne verletzte Hand. Wenn das Aids ist, ja? Dann krieg ich das doch. Ich mach das nicht weg.

Ach, Herr Becker.

Was ach? Man weiß ja nicht. Seit meine Frau tot ist ...

«Mama!» Das Kind rief laut aus der Stube. Es wollte Pfirsiche. Das Fieber war wieder gestiegen. Sie stellte den Fernseher an und sagte, sie würde nachher Pfirsiche kaufen gehen. «Schlaf jetzt, hm?»

Sie ging am Spion vorbei in die Küche, wusste nicht, was sie da sollte, und ging zurück. Nicht am Spion vorbei.

Ach, der Neumann kümmert sich doch nicht darum. Und die Regenrinne. Das läuft der Frau Nitz immer ins Bad.

Ich hab das schon mal gemeldet.

Ich auch.

Mit der Regenrinne im Hof hat das ja auch ein Jahr gedauert. Vor einem Jahr hab ich Bescheid gesagt.

Ach, das haben Sie gemacht, ja?

Aber das eine sag ich Ihnen. Ich reiß mir hier nicht den Arsch auf.

Herr Becker.

Ja, so isses aber.

Ich glaube, man sollte mal einen Brief an den Neumann schreiben.

Ach.

Wieso ach?

Ach, der kümmert sich doch darum nicht. Der hat als Einziger außer mir den Heizungskellerschlüssel. Da steht wieder 'ne neue Waschmaschine drin. Das kann ja nur der sein.

Ja, das kann dann nur der sein.

Aber das eine sag ich Ihnen …

«Mama.»

Das Kind will einen anderen Sender kucken.

«Mama, mir ist langweilig.»

«Ich lese dir gleich was vor. Willst du immer noch Pfirsiche?»

«Ja!»

«Ich geh gleich welche kaufen.»

Sie überlegte, ob sie einfach gehen sollte, obwohl die Nachbarn dann sehen würden, dass sie da ist, und wissen würden, dass sie alles gehört hat. Sie überlegte, ob sie die Tür öffnen und sagen sollte, sie möchten bitte leiser sein, denn ihr Kind wäre krank. Hier so rumzuschreien. Wer macht denn so etwas?

Sie ging zum Spion. Es war keiner mehr da.

Sie ging Pfirsiche kaufen und schloss unten ab, mitten am Tag.

Rosa Mantel

Zwanzig Minuten sollte das Haarpflegemittel einwirken, und die Haare waren danach immer schön glänzend, aber ich wusste nicht, warum das Zeug so flüssig sein musste. Es lief mir in die Augen. Ich schloss sie. In der Wohnung war es still. Hennes hatte mir erst gesagt, dass er noch einmal wegmüsse, als ich schon mit dem Mittel auf dem Kopf und geschlossenen Augen in der Badewanne die zwanzig Minuten abwartete. Ich lag nicht gern in der Badewanne, wenn ich allein zu Hause war. Ich hätte das nie gemacht, wenn ich gewusst hätte, dass Hennes noch einmal weggeht.

Ich hörte irgendein Klappern. Vielleicht hatte er was vergessen.

«Hennes!», rief ich.

Keine Antwort.

Vielleicht war die Katze nach Hause gekommen.

Die Pflegekur roch so süß, als würden sich darin Teile von Lebewesen zersetzen. Anfang des Winters hatte die Katze einen toten Vogel mit ins Haus gebracht und unter dem kurzen Läufer im Flur versteckt. Dort taute der Vogel und stank. Ich war empfindlich, was Gerüche anging. Ich hatte den Vogel über den Zaun geworfen, zu der alten Frau Riesen, die ihre beiden Cockerspaniels nachts in den Garten hinausließ, damit sie da ihr Geschäft verrichteten. Das konnten sie nur, wenn sie vorher und hinterher kläfften, erst weil sie mussten, und das war ja so aufregend, dann weil sie gemacht hatten, und das war ja so erleichternd. Die Stimmen der beiden Hunde waren hysterisch. Sie waren verrückt, die Viecher.

Ich wurde davon immer wach und ärgerte mich. Jede Nacht. Nachts war ich rasend vor Hass, morgens zu müde für irgendein Gefühl. Nachts tobten in mir die Worte, die ich sagen würde, schreien oder hysterisch bellen würde ich sie, wenn sie nur das verstand. Lassen Sie Ihre scheißenden Sautiere nachts nicht raus, oder ich schnapp sie mir und werde sie mit Freude am Schwanz festhalten und gegen die Hauswand dreschen. Ich nahm mir jedes Mal vor, mit Frau Riesen darüber zu sprechen. Wir waren doch zivilisiert. Das müsste doch zu klären sein. Aber tagsüber, wenn ich sie traf, dachte ich nie daran. Ich war sehr vergesslich. Im Sommer stank ihr Garten von den Geschäften ihrer Hunde. Manchmal schob der Wind den Geruch in unseren Garten, als stünde direkt vor der Terrasse ein verwesendes Mammut. Wenn wir draußen aßen, kam mir alles hoch. Ich schnappte mir mein Essen, ging nach drinnen und knallte den halbvollen Teller so laut auf den Steintisch, dass einer schon mal zerbrochen war. Ich hatte kurz überlegt, die Scherben in eine leckere Wurst zu schieben, aber wir hatten Gott sei Dank keine Wurst da. Man wird ja nicht mehr froh, wenn man sich so versündigt. Auf einen stinkenden Vogel kam es also fast nicht mehr an. Vielleicht hatten ihn auch die Hunde in der Nacht darauf gefressen. Angeblich sind Geflügelknochen ja gefährlich für Hunde. Die Knochen splittern, die Hunde sterben. In der Nacht bellten sie. Ich hatte mich sehr über die Katze geärgert, weil sie den Vogel getötet hatte. Das tut man doch nicht. Ich musste sie bestrafen. Später ärgerte ich mich über mich selbst, dass ich das getan hatte, aber ich versuchte, es zu vergessen.

Jetzt kam mir die Erinnerung, weil die Haarkur so stank. Vielleicht kam mir das alles nur so vor, weil ich den ganzen Tag den Geruch der Obdachlosen aus der U-Bahn nicht losgeworden war.

Ich hatte gesehen, wie sie auf der Bank des Bahnhofs lag und geweckt wurde. Als die Ordnungsleute weg waren, stieg sie in dieselbe Bahn wie ich, bestimmt ohne gültiges Ticket. Sie setzte sich neben mich und schlief wieder ein, vornübergebeugt. Ich blieb sitzen. Es tat mir leid, dass sie überall vertrieben wurde oder alle wegginge, obwohl ich das gar nicht wissen konnte, ich nahm's nur eben an. Sie roch schlimm, Haaransatzfett, Ohrendreck, zwischen ihren Beinen stieg ein übler Gestank hoch, und sie saß sehr breitbeinig. Ich tat, als würde ich lesen, aber ich wusste, dass uns alle ansahen. Ich in meinem schönen Kostüm. Wir mussten absurd nebeneinander aussehen, die, die es geschafft hatte, und die, die es nicht geschafft hatte. Ich konnte mir vorstellen, wie die Leute sich fragten, warum ich sitzen blieb, ob ich geruchsblind war, ob ich bescheuert war. Ich hatte ein so schlechtes Gefühl, das nur noch schlechter geworden wäre, wenn ich mich weggesetzt hätte. Ich zog meinen feinen japanischen Schal über die Nase und versuchte, nur meinen eigenen Geruch einzuatmen, die Bodylotion vom Vorabend und das Parfum vom Morgen, aber ihr Dunst drang durch die feine Seide. Eine junge Frau setzte sich weg. Einige Leute wechselten den Waggon. Ich atmete flach und so wenig wie möglich. Ich wollte nicht, dass diese Frau ganz außerhalb der Gesellschaft war. Wenn ich mich wegsetzte, wäre das doch verletzend. Und alle würden es sehen, und es wäre klar, warum ich mich wegsetzte und dass das meine Art war, mit Menschen umzugehen, die unangenehm waren, aber trotzdem noch Menschen. Und ich sah ja schon so aus mit meinen feinen Klamotten, dem altrosa Schurwollmantel und dem weißen dünnen Schal. Wenn ich mich wegsetzte, dachten vielleicht andere, dass sie ebenso handeln konnten, und das sollte einfach nicht unsere Art sein, mit Menschen umzugehen. Aber fast hätte ich gekotzt, nur weil ich neben ihr sitzen blieb. Ich hatte mal gelesen, dass es Frauen auf der Straße noch schwerer hatten als die Männer. Sie wuschen sich nicht, um sich vor Vergewaltigungen zu schützen. Ich konnte mich nicht wegsetzen. Ich brachte es nicht übers Herz.

Sie schlief. Sie hätte es nicht bemerkt. Nach zwei Stationen kippte sie beim Anfahren des Zuges gegen mich. Dann stand ich doch auf und setzte mich weg. Alle sahen mich an.

Als der Sitz neben ihr frei war, kippte sie ganz um. Erst legte sich ihr schlafender Körper ganz von allein über drei Sitze. Vielleicht hatte sie sich von Anfang an hinlegen wollen, und es war ganz gut, dass ich aufgestanden war. Später fiel sie sogar auf den Boden.

Ich stand an der Tür, meine Nase in den Schal gesteckt, überlegte, ob ich sie wecken sollte. Irgendwann würden Ordnungsleute sie wieder vertreiben, oder der Zugführer würde sie finden und die Polizei rufen. Wenn sie sich wieder auf die Sitze legen würde, fiele sie vielleicht gleich noch einmal runter, oder war diese Art zu denken falsch? Jemandem nicht aufhelfen, weil er sonst erneut fallen könnte? Ich stieg eine Station früher aus und lief. Es war sehr kalt.

Den ganzen Tag hatte ich diesen penetranten süßen Geruch in der Nase. Ich wollte im Büro kein Croissant, zum Mittag keinen Nachtisch. Nach der Arbeit nahm ich den Bus und nicht die U-Bahn. Wenn ich mit dem Bus fuhr, musste ich noch ein Stück am Waldrand entlanglaufen. Es hatte angefangen zu schneien, und ich fror. Wieso war ich so dünn angezogen? Sie hatten doch morgens Schnee angesagt. Die Laternen am Waldrand hatten Bewegungsmelder, und die sprangen zwar sofort an, wenn man auf sie zulief, aber sie brauchten lange, um ganz hell zu werden. Sie funzelten am Anfang gelblich, und manchmal flackerten sie in solchen Abständen und nur ganz kurz, dass es auf mich selbst wirkte, als hätte ich gezwinkert, und ich hasste es, wenn es sich anfühlte, als hätte ich gezwinkert, obwohl ich nicht gezwinkert hatte. Es war wie ein kurzer Riss im Leben. Ich musste in die Dunkelheit hineinlaufen und dann in dem gelblichen Flimmern weitergehen. Hinter mir leuchteten die Laternen dann voll auf, aber nur sehr kurz, dann gingen sie wieder aus. Als ich diesen Weg entlangging, vor mir nur die Dunkelheit, in dem Vertrauen, dass die nächsten Laternen gleich angehen würden, da flackerte drei Häuser entfernt eine Laterne auf.

Einmal hatte ein Reh den Bewegungsmelder ausgelöst und war dann in den Wald gerannt. Ich konnte es nicht bestrafen, aber eigentlich wollte ich auch nicht ständig so wütend sein. Diesmal kam mir ein Mensch entgegen. Der Wind trieb den Geruch zu mir. Ich erkannte sie sofort. Was tat die hier? Hier war keine Notunterkunft.

Sie trug einen altrosa Mantel und lief genau auf mich zu. Keine zehn Meter weiter musste ich abbiegen, aber ich blieb stehen und stellte mich ein Stück in den Wald. Die Laterne ging aus, weil ich mich nicht bewegte. Die Frau ging an mir vorbei.

Ich überlegte, wo die Frau wohl schlafen würde in dieser Nacht. Die Kälteunterkünfte waren voller Männer.

Vor Kälte schlotternd, kam ich am Haus an und fand meinen Schlüssel nicht. Ich hatte ihn normalerweise in der Innentasche des Schurwollmantels stecken, aber da war er nicht. In der Tasche fand ich auch nicht den Schlüssel mit dem Schlüsselanhänger, ein Pelzbommel. Normalerweise fand ich den Schlüssel immer sehr leicht, weil ich das weiche Fell gut fühlen konnte, selbst wenn ich den Schlüssel doch in die Umhängetasche geworfen hatte.

Vielleicht lag der Schlüssel im Büro. Ich war oft so vergesslich. Hennes war zu Hause. Er ließ mich rein und fragte mich, wo mein Mantel wäre.

«Ich habe ihn in die Reinigung gebracht», sagte ich. «Er roch unangenehm.»

«Du immer mit deinem feinen Näschen», sagte er und küsste mich auf die Nase. «Gott, du bist ja eisekalt. Wie eine Leiche.»

Ich beschloss, nichts von dem verlegten Schlüssel zu erzählen. Hennes machte sich manchmal lustig über mich. Weil ich so oft etwas verlor oder verlegte oder einfach vergaß. Er meinte, ich würde auch allerhand verdrängen. Aber das stimmt nicht. Mein Vater war ein richtiger Verdränger gewesen. Er verdrängte sogar, dass er verdrängte. Als ich ein Kind war, hatten wir ein sehr altes Auto, denn leider waren wir arm. Es ist ein einziges Glück, dass ich es geschafft habe, seither so eine Karriere hinzulegen. Dazu muss man natürlich ein bisschen taff sein. Das war mein Vater nicht. Er war weich und fuhr bis zu seinem Tod dieses durchgerostete Auto. Als es am Boden durchrostete, legte er eine Fußmatte drüber. Er hatte kein Geld für die Werkstatt. Vielleicht hat er sich auch geschämt für das kaputte Auto. Er hat sich auch immer für seine schlechten Zähne geschämt. Weil er da keine Fußmatte drüberlegen konnte, sprach er immer so, dass man die Zähne nicht sah. Als die Fußmatte am Auto festrostete, legte er eine weitere Fußmatte drauf. Auf der Seite, wo ich saß. Er riskierte mein Leben. Gut, ich habe ihm verziehen. Schwamm drüber. Jedenfalls mochte ich es nicht, wenn Hennes behauptete, ich würde ebenfalls verdrängen.

Als mir das alles einfiel, war ich ein bisschen böse auf ihn, aber ich hatte keine Lust auf ein Gespräch. Ich erzählte auch nichts von der Frau aus der U-Bahn.

Nach dem Essen ließ mir Hennes eine Wanne ein. Dann erst sagte er, dass er noch einmal wegmüsse. Ich ärgerte mich. Er wusste doch, wie viel Angst ich hatte, wenn ich allein zu Hause war und schutzlos und nackt in der Badewanne. Oder hatte ich ihm das nie erzählt? Ich war mir nicht mehr sicher.

Aber ich musste auf jeden Fall baden, denn alles an mir roch nach der Frau aus der U-Bahn. Ich nahm mir vor, sie in meinen Gedanken *Frau aus der U-Bahn* zu nennen und nicht *Obdachlose* oder *Pennerin*. Wie ich sogar noch nett zu sein versuchte, wo sie nicht mal mehr in meiner Nähe war! Ein Wunder, dass ich es geschafft hatte, mich zu waschen, anstatt ihren Geruch an mir zu ertragen.

Und jetzt roch diese Haarkur so ekelhaft. Zwanzig Minuten einwirken. Ich saß mit geschlossenen Augen, und die Spülung rann mir die Stirn runter. Immer wieder wusch ich mir das Gesicht mit Badewasser, das ich mir ins Gesicht schöpfte, meine beiden Hände zu einer Schale geformt. Ich versuchte, die Augen zu öffnen. Es brannte.

Ich weiß nicht, woher diese Badewannenmacke kam. Ich hatte Zwangsgedanken, die gedacht werden mussten, so wie ich als Kind beim Abwaschen zwanghaft daran dachte, die Teller mit einem kräftigen Schwung aus dem geschlossenen Küchenfenster zu werfen. Ich fragte mich, ob der Teller kaputtgehen würde oder eher die Scheibe. Noch schlimmer war es, wenn ich eine Pfanne abwusch. Die würde die Scheibe wohl auf jeden Fall brechen lassen. Dann würden die Scherben und die Pfanne auf die Straße fliegen. Direkt vor dem Haus war ein Weg. Ich hätte jemanden erschlagen können. Ich wollte das niemals tun, aber ich dachte es jedes Mal. Das eine Mal, wo ich es doch tat, lief gerade niemand vor dem Haus entlang.

Wenn ich in der Badewanne lag, wusch ich oft Haare und spülte das Shampoo mit der Dusche aus. Ich saß unter dem rauschenden Wasser, natürlich mit geschlossenen Augen, und immer dachte ich, wie sehr ich erschrecken würde, wenn ich die Augen öffnen würde und vor der Wanne stünde jemand. Selbst wenn es nur die Katze wäre oder Hennes. Ich würde so schreien. Ich hörte es schon in meinem Inneren. Und es ängstigte mich, mich selbst so schreien zu hören, auch wenn es nur in meinem Kopf war, und ich schrie davon in meinem Kopf noch lauter und panischer, und davon wurde ich noch ängstlicher. Meine Stimme klang ganz fremd, wie die einer anderen Frau. Ich hörte erst auf zu schreien, wenn mir jemand von hinten den Mund zuhielt. Zumindest war es dann still in meinem Kopf, aber mein Herz raste, weil an dieser Stelle diese Phantasie aufhörte und ich nie sehen konnte, wer mir den Mund zugehalten hatte. War es Hennes? Waren es Männer- oder Frauenhände?

Ich wollte die Haarkur ausspülen, aber immer wenn ich die Augen öffnete, brannte das Mittel wie verrückt. Ich musste plötzlich heftig weinen. Ich tastete nach der Dusche, aber sie war nicht in der Halterung. Sie war um den Wasserhahn gewickelt, und ich bekam den Schlauch nicht langgezogen. Es war wohl ein Knoten. Ich fluchte, hörte damit aber gleich auf, denn ich würde sonst nicht hören, wenn es ein Geräusch im Haus gab.

Ich beschloss, die Haarkur direkt im Badewasser auszuspülen. Ich hielt meine Nase zu und schloss die Augen, rutschte in der Wanne so weit runter, dass ich untertauchen konnte, und schüttelte unter dem Wasser meinen Kopf. Wenn jetzt Hennes nach Hause kam und nach mir rief, würde ich es nicht hören, und weil ich nicht antwortete, würde er mich suchen. Und wenn er mich so im Bad finden würde, stünde er direkt neben der Badewanne und würde auf mich heruntersehen. Ich würde schreien, und der Gedanke an dieses Schreien bewirkte, dass ich in meinem Kopf sofort zu schreien begann, und davon wurde ich wieder so panisch, dass ich die Augen öffnete. Ich zuckte so heftig zusammen, dass ich mir den Kopf stieß. Da stand wirklich jemand neben der Wanne. Ich sah die Person nur verschwommen. Das Haarkurmittel, das im Badewasser war, brannte in meinen Augen wie verrückt, und ich musste sie wieder schließen. Wer war da? Ich setzte mich blitzartig auf und wischte mir die Augen trocken, aber die Person war weg. Ich hörte eine Tür ins Schloss fallen.

«Hennes!», rief ich. «Hennes!»

«Jaha», rief er aus dem Flur. «Ich brauch mein Ladegerät. Akku alle. Tschüss.» Die Tür fiel ins Schloss.

«Warte!», keuchte ich, sprang aus der Wanne und wollte zu ihm laufen. Dabei rutschte ich auf dem glatten Badezimmerboden aus und stürzte. Ich dachte noch kurz, dass die Haustür doch ganz anders klang als die Tür, die ich gehört hatte, dann schlug ich mit dem Kopf gegen den Wannenrand. Es hatte eher wie die Tür zum Keller geklungen. Gleich darauf war ich weg.

Als ich wieder wach wurde, waren meine Gedanken ganz klar.

«Na, komm hoch!», sagte ich und ließ sie aus dem Keller. Und mit ihr den Geruch.

Sie roch noch schlimmer, als sie in der U-Bahn gerochen hatte. Hatte sie sich in die Hose gemacht?

«Sie müssen sich waschen», sagte ich. «Auch die Haare. Ich lasse Ihnen eine Wanne ein, und hier habe ich so eine Spülung. Die ist sehr gut. Manchmal läuft einem was davon in die Augen, aber Sie können ja die Augen schließen. Und dann können Sie die nach zwanzig Minuten schon abspülen. Mit der Dusche, aber die ist gerade irgendwie. Also, ich habe das vorhin nicht abbekommen. Verknotet irgendwie. Ich halte mir dann die Nase zu, weil ich nicht tauchen kann, und dann lege ich mich rücklings in die Wanne und spüle die Haare im Badewasser. Ich geh dann raus, damit Sie sich nicht erschrecken.»

Ich brachte sie ins Badezimmer.

Dort roch es auch. Es war aber ein anderer Geruch. Hennes hatte ihn auch schon bemerkt. Manchmal hatte ich Raumsprays benutzt, aber jetzt sah ich nach. Es kam von der Wanne. Die war vorne verblendet. Es gab eine Klappe, so groß wie vier Fliesen. Eine Handwerkerhand würde reinpassen, eine Taschenlampe. Wenn es etwas zu reparieren gäbe. Die Abdeckung hatte zwei Riegel, die man drehen konnte. Dann konnte man sie rausnehmen, und in den weißen Fliesen war ein schwarzes, eckiges Loch.

«Riechen Sie das? Entschuldigen Sie. Ich hoffe, der Geruch ist für Sie nicht zu unangenehm, aber ich muss da jetzt mal nachsehen. Das kann ja nicht so bleiben.»

Ich holte die schwere Taschenlampe aus dem Keller und brachte auch gleich ihren Mantel mit hoch, steckte ihn in eine Tüte.

«Sie sind ja schon nackt. Entschuldigung, aber ich muss hier wegen der Klappe ...»

Ich hockte mich hin und leuchtete in die Öffnung. Dort lag etwas. Dieser Gestank. Ich griff rein. Es war weich wie der Pelzbommel an meinem Schlüssel. Schwarz.

«Das ist eine böse Katze», sagte ich.

Die Fremde saß vornübergebeugt auf dem geschlossenen Toilettensitz. Ihr Gesichtsausdruck. Erschrocken.

«Nicht so schlimm, wenn sie nicht rauskommen will. Ich lasse jetzt die Klappe auf. Sie kann ja rauskommen.»

Ich legte die verklebte Taschenlampe auf die makellosen Fliesen. Neben den altrosa Schurwollmantel. Ich drehte das Wasser ab und prüfte die Temperatur mit der Hand.

«Schön warm. Das wird Ihnen guttun. Sie sind ja ganz durchgefroren. Ärmste. Sie Ärmste. Sie arme, arme Frau.»

Ich half ihr in die Wanne hinein.

«Sie brauchen mein Mitleid nicht, ich weiß. Sie brauchen Hilfe. Ein warmes Bad. Neue Kleidung. Ich hole Ihnen was.»

Ich ging hoch und holte frische, saubere, schöne Kleidung. Teure Kleidung. Richtig schöne Sachen. Ich wollte mich nicht lumpen lassen. Ich hatte es ja.

Als ich ins Bad kam, schlug mir wieder dieser Geruch entgegen. Diese Katze.

Als Nächstes würde ich die Katze waschen, aber die musste erst mal da unten rauskommen.

Hennes würde bald nach Hause kommen.

Ich zog ihre Sachen an. Meine Sachen, und dann ging ich dahin, wo ich hingehörte.

Die Laternen blieben aus, als ich ging.

Es war kalt, und ich wusste schon, wo ich schlafen würde.

Das bisschen Tier, das bisschen Mensch

An einem Tag Anfang September hatte ich mich auf den Weg gemacht. Eine Radtour von Berlin an die Ostsee mit meinem Hund Klose. Die Leute aus dem Tierheim hatten ihn so genannt: Er spielte gern Ball und sah Klose auch ein bisschen ähnlich. Ich blieb bei dem Namen. Es ließ sich gut rufen, und ich rief oft. Er war unerzogen, aufgeregt und wusste nichts.

Die Fahrradtour sollte Klose beweisen, dass ich schneller und ausdauernder war, dass ich wusste, wo es aus dem Wald wieder rausging, wie man ein Ei briet und wo Wasserquellen zu finden waren.

«Ganz allein?», hatte mein Vater gefragt, und mein Augenlid hatte so schnell gezuckt, dass man damit eine Zigarette hätte anzünden können. Ein ängstlicher Vater war echt die größte Fußfessel, die ich mir vorstellen konnte. Meine Mutter hatte nur gesagt: «Mädchen!»

Es war Brandenburg und Mecklenburg-Vorpommern. Was sollte da passieren?

Das Fahrrad war bepackt mit Zelt und Kocher, Faltnapf für den Hund, Isomatte, Schlafsack, Tütensuppen, Ersatzschlauch, Werkzeug und Regensachen und tausend anderen Gegenständen. Dann stand ich neben dem schweren Gefährt, um vor der Expedition eine Letzte zu rauchen, neben mir der Hampelmannhund. Währenddessen verbog sich in Zeitlupe der Fahrradständer, vierundzwanzig Euro hatte der gekostet. Als das Rad umfiel, schepperte es laut genug, um den Hausmeister ans Fenster zu locken. Er streckte seinen Kopf aus dem Rahmen und machte das Fenster zu: ein sehr gut gemachtes, aber hässliches Gemälde mit dem Titel ‹Der alte Mann und seine Häme›: «Abgebrochen, wa?»

Cool war anders, aber uncool auch, immerhin fuhr ich trotzdem los. Ein zerbrochener Fahrradständer ist kein Omen, nur Materialschwäche.

«Ditt Ding nimmste aber mit!», rief der Hausmeister.

Ich steckte das Ding ein.

Wie ein Panzer lag das Rad auf der Straße, als wir aus Berlin rausfuhren. Der Hund legte sich ins Geschirr. War da Schlittenhund drin? Die Tierärztin hatte gesagt, bei dem wären alle Rassen drin, ein echtes KideLi, ein Kind der Liebe. Wenn es mir zu bunt wurde mit der Zieherei, trat ich Klose den Fuß kurz gegen die Rippen. Dann lief er kurz neben dem Rad. Recht schnell warf er sich wieder ins Zeug, als hätte er ein Ziel. Ich war vom Chefsein so weit entfernt wie Berlin von der Ostsee.

Die erste Nacht schliefen wir fünf Kilometer hinter der Stadtgrenze, neben einer Nervenklinik. Das hatte ich erst bemerkt, als das Zelt schon stand und der Tag sich Dämmerung zugezogen hatte. Da war nichts mehr zu machen, außer in Würde Kippen und Bier kaufen zu gehen. Unter der S-Bahn-Unterführung mit ihrem Uringeruch sah ich Leute, die vom Freigang zurück in die Anstalt liefen. Oder waren das die Aufpasser? Wenn man lang genug in einer Nervenanstalt aufpasste, dann sprang das Flackern irgendwann von Gesicht zu Gesicht.

Auf dem Rückweg zum Zelt ließ ich die Taschenlampe aus. Ich hatte beschlossen, dass keine Angst haben am besten wäre, um keine Angst zu haben. Leider quietschte der Hund neben mir die ganze Zeit. Dass ich in der Dunkelheit das blaue Zelt zwischen den Büschen kaum fand, beruhigte mich. Die Stelle hatte ich gut ausgesucht.

Ich trank noch mein Bier, dann pfiff ich den Reißverschluss zu. Wir legten uns nah zusammen, der Hund als meine Heizung. Draußen Mäuse oder Wind oder Vögel. Klose wachte und zitterte. Kälte war es nicht. Irgendwann stellte sich der Hund hin und schlotterte. Kurz darauf hörte ich es auch. Ein Stampfen, am ehesten. Ich musste nachsehen. Die Taschenlampe ließ ich wieder aus, ritschte die Reißverschlüsse von Zelt und Vorzelt auf. Ich stellte mich in die Nacht hinein und gab dem Hund Ruhe, er nahm sie nicht. Der Mond beschien die Herde, die auf uns zuschaukelte, jeder Rücken die Welle eines bewegten Wassers.

Eine Melodie aus Grunzen wogte mit. Helles Quieken stach heraus, der Grundton war ein zufriedenes Grummeln. Nicht weit rüffelte eine Rotte Wildschweine am hohen Zaun neben der Anstalt entlang. Ich rauchte eine und versuchte noch mal, dem Hund Ruhe zu geben, die er nicht nahm. Klose hielt den Hals lang, die Nase nach den Geruch ausgestreckt, aber ganz still. Aus wie vielen Tieren diese schwarze Masse bestand, war nicht richtig auszumachen, aber es waren viele, ihre Geräusche wie verzerrte Menschen, die sich nicht benehmen konnten. Lieber hätte ich zu dieser Rotte gehört als zu unserem winzigen Rudel. Ich könnte auf einen Baum klettern, Klose nicht. Ich ging langsam rückwärts bis zum nächsten Baum, der dürr war und keine Attacke eines Wildschweins überstehen würde.

Nach einer halben Stunde war das Gegrunze Richtung Bachlauf weitergezogen. Ich befürchte, die erste und vielleicht letzte Heldentat meines Lebens verdankte ich einem günstigen Wind. Hätte ich das Zelt an anderer Stelle, hätte der Wind aus anderer Richtung, hätte der Hund auch nur einen Ton ...

Am nächsten Morgen fuhren wir weiter in Fließrichtung den Bach entlang. Die Seitensonne flackerte durch die Bäume.

Ich fuhr nur fünfundzwanzig Kilometer, um den Hund zu schonen, dem das Laufgeschirr an der Brust scheuerte, was ihn dazu brachte, weniger zu ziehen. Dann suchte ich einen Zeltplatz, der auf der Karte eingezeichnet war. Auf noch eine Nacht wild campen hatte ich wenig Lust. Der Platz lag an einem Badesee, in dem sicherlich nur Leute aus der Umgebung badeten. Eine ziemliche Pfütze, neben einer riesigen Kastanie, deren eine Hälfte tot war.

Ich sah ein Schild mit durchgestrichenem Hund und hoffte, dass das Verbot für die Badestelle und nicht für den Zeltplatz galt, der in Sichtweite auf einer Wiese zwischen Eichen lag.

Ich lehnte das Rad gegen die gespaltene Kastanie, den Hund leinte ich an die Sattelstange und ging fragen.

Klose jammerte mir hinterher. Hätte er sonst nie Schiss, hätte ich vielleicht seinem Instinkt vertraut, aber beim Einsteigen in einen Bus kreischte er wie ein wilder Esel, der hatte hier bei Entscheidungen nicht mitzuentscheiden. Ich hatte alles im Griff, das musste der Hund doch sehen. Der Eingang des Zeltplatzes war ein verschlossenes Gatter. Ich hob den Haken aus der Öse und betrat das Gelände. Unter meinen Schritten zerknackten Eicheln.

Bald nach dem Eingang stand ein flaches Häuschen mit Eiswerbung und Preistafeln. Daneben eine kleine Mauer, auf der ein Mädchen saß, kurze Jeans und Cowboyhut. Das letzte Mal, als jemand jemand so angesehen hatte, war der eine Jemand ein Stier und der andere Jemand ein Torero gewesen. Sie senkte den Kopf, die Hörner unterm Hut verborgen.

Ich sagte: «Hi!»

Sie nickte kurz.

Ich stand eine Sekunde zu lange, und da war es eigentlich schon entschieden. Ich hätte ihr gleich eine klatschen sollen, damit sie verstand, dass niemand so was mit mir abziehen konnte. Ihre braunen Beine baumelten schlaff runter, zwei Angeln, an denen unten silberne Flipflops angebissen hatten.

«Rausch!», rief sie über ihre Schulter.

Dann kam ein Mann, langhaarig, Jeansweste mit Aufnähern. Fußball und Bands und Symbole.

Und wenn es gerade noch gegangen war, dann ging es jetzt nicht mehr, denn zwei Rottweiler schoben sich neben ihn, wie Waffen, die er nicht weggesteckt hatte.

«Ich wollte fragen, ob ich hier zelten kann.»

«Klar, is ja 'n Zeltplatz», sagte der Typ. «Is heute letzter Tag. Haste Glück.»

Im Haus pfiff jemand. Klang nach noch einem Mann.

«Das Problem ist», ich zeigte zum Badesee rüber, «dass

ich einen Hund hab. Den hab ich da angebunden. Ich hab mich gefragt, ob Hunde hier erlaubt sind.»

«Sehn die aus wie Eichhörnchen?» Er zeigte mit kleiner Kopfbewegung zu seinen Hunden runter.

Das Mädchen auf der Mauer lachte knapp, flappte dabei mit ihren Schuhen einen aus dem Takt geratenen Takt.

«Zelt kostet 8, Hund 3.» Rausch hielt mir die Hand hin, und ich schlug ein. Er lachte meckernd. «Nee, nicht 11 Handschläge. Euro!»

Ich bezahlte.

«Thorsten, bring mal die Hunde weg», rief er ins Haus. «Wir wolln ja nicht, dass die deinen aus Versehen zerlegen. Die machen zwar nur, was man ihnen sagt, aber wenn ich zufällig Fass sage, wer weiß ...?»

Das Mädchen auf der Mauer flappte die Flipflops schneller an die nackten Sohlen. «Zum Beispiel, wenn du ‹Fass mal mit an› sagst oder ‹Mach mal kein Fass auf›!»

Die Hunde zerlegten mich Gott sei Dank nicht aus Versehen.

Dann kam ein kleiner, untersetzter Mann mit roten Bratapfelbäckchen aus dem Haus, oben auf dem Kopf schon ein Flecken Glatze, die restlichen Haare nicht kurz und von einer sturen Beschaffenheit, der, sich nie hinzulegen. Dadurch standen ihm oben zwei Büschel wie bei einem Uhu hoch.

«Na, hallo! Was für eine Überraschung!» Er drehte sich zu Rausch um. «Dann könn' wir ja heut noch schön Bürgerwehr spielen, wenn wir jetzt 'nen vierten Mann haben.» Er lachte mich an: «Beziehungsweise Frau.»

Dann brachte er die Hunde weg, als ich schon fast

dachte, das wären Denkmäler. «Alfi», sagte er, «Boost! Komm!»

Aus dem Haus pfiff es immer noch. Ich kannte die Melodie, aber ich kam nicht drauf, was es war.

«Spielst nachher ein paar Runden Billard nach unsern Regeln, ja?»

Ich nickte und ging Rad und Hund holen. Ich pfiff die Melodie weiter, bis mir einfiel, was es war.

Als ich mit Rad und Hund zurückkam, empfing mich Thorsten am Gatter. Den fand ich netter als Rausch.

«Ach, du bist ja was süß», sagte er zu Klose, und der schnappte über vor Freude. Thorsten verschloss das Gatter, legte eine Kette darum und ließ ein Schloss zuschnappen. «Sollst es ja sicher hier haben, du und der Wauz. Kannst dich dahin bauen, da biste nah am Wasseranschluss.» Er deutete zum Baum: «Die Seite ist nicht so optimal. Da fallen dir die halbe Nacht die Eicheln aufs Zelt. Außer du hast einen festen Schlaf. Is in der Hauptsaison kein Problem, aber jetzt fallen die alle runter. Oder da, da ist auch gut, bei den Feuerlöschern.»

Ich überlegte, ob ich einen Anruf vortäuschen könnte: Ja, ja – nein, Vater ist gestürzt? Oh Gott, ich komme sofort.

«Ich schieb!» Thorsten nahm mir das Rad ab und schob es, wohin ich zeigte. Ich hatte mich für die dritte vorgeschlagene Stelle entschieden. Sie war am weitesten von dem Haus am Eingang entfernt.

«Das ist unsere Wandzeitung zum Thema ‹Feuer, Wasser, Sturm›. Hier bist du sicher.»

Die Stellwand war rot und hatte ein spitzes schmales

Dach aus Blech. An den Brettern hingen zwei Feuerlöscher, ein Eimer, ein Klappspaten, eine Spitzhacke.

«Siehst du, alles da!», sagte Thorsten und grinste. Dann half er mir auch noch beim Aufbauen vom Zelt.

«Ich werf mal einen Cheeseburger für dich an, oder? Mit Pommes?»

Als er weggegangen war, mehrfach mit dem linken Fuß kleine Steine aus der Sandale kickend, setzte ich mich erst einmal auf den Boden. Es roch harzig und nach den Pilzen, die bald wachsen würden. Klose zerlegte einen morschen Stock, der wie Hühnchenfleisch zerfiel.

Ich müsste ja nur runtergehen, ein bisschen Billard spielen und mir vom Hund nicht anmerken lassen, dass ich unsicher war. Der Hund merkte das aber immer. Dann würden die das auch merken. Ich wickelte die Zigarette in ein Stück Alu, wegen Waldbrandgefahr, fütterte Klose und legte ihm das Leuchthalsband an. Dann ging ich runter.

Das Mädchen saß immer noch auf der Mauer, den Kopf sehr tief, und zwischen ihren Beinen vermutlich der Pfeifer, vielleicht 16, muskulös an jeder Stelle. Sie flüsterten schwierige Tonlagen.

Als ich grüßte, erschoss mich Elisa aus roten Augen. Der Junge grüßte und klopfte Klose auf den Kopf. Der wedelte und grinste, und ich tat auch so, als würde ich mich freuen.

An die Eingangstür gelehnt stand Rausch. Ich wurde ins Haus reingewunken und bekam ein Bier.

Im Haus hingen Fahnen von einer Motorradmarke, einem Fußballverein und einem Land, unserem.

In der Ecke ein trübes Aquarium mit Marmorskalaren, wie mein Opa welche gehabt hatte. In der Mitte ein Billardtisch, der größer war als die, die ich kannte.

Thorsten baute auf, und Rausch kam dazu. «Gunnar!», rief er den Pfeifer von draußen. «Billard!»

Ich leinte Klose an ein Stuhlbein, wo er rumstand wie falsch zusammengebaut.

«Aus Berlin?», fragte Rausch.

Ich nickte.

«Kannst hier drin rauchen.»

Sie bauten die Kugeln auf. Es waren drei weiße, eine rote, vier schwarze und zwei grüne.

Gunnar sprengte mit dem ersten Stoß den Haufen Kugeln.

Thorsten klärte mich endlich auf, was hier gespielt wurde. «Schwarze Kugeln drei Punkte, rote zwei, grüne ein Abzug, weiße zwei Abzug. Is'n das eigentlich für 'ne Rasse?» Er zeigte auf den jammernden Klose.

«Mischling», sagte ich, «KideLi, ein Kind der Liebe.» Schluck Bier, und ich legte auf Schwarze an.

Irgendjemand roch nach Schweiß. Vielleicht roch ich gleich mit.

Ich drosch meine Kugel. Drei Punkte, einer Abzug.

«Grün ist Polizei!», rief Thorsten. «Musste aufpassen.» Dann knallte er sich fünf Punkte zusammen.

Elisa kam rein und setzte sich neben Klose auf den Boden. Sie streichelte ihn, als ob sie jemand anderen meinte.

«Wieso erziehst'n dein Hund nicht?», fragte Rausch.

Von allen Sätzen, die ich hätte sagen können, sagte ich: «Ich versuch's ja.»

Rausch zeigte mit dem Queue auf Klose, der begonnen hatte, Elisas Knie zu begatten. «Das würden Alf und Boost nie abziehn. Die dürfen keine Entscheidung allein treffen. Wenn ich denen nicht sage, was sie machen solln, zerfetzen die dein' Hund.»

Und dann passierten mehrere Sachen gleichzeitig. Gunnar ging langsam zu Elisa rüber, packte dann schnell Klose am Nacken, warf ihn auf den Rücken und sagte einmal sehr knapp: «Pfui!»

Elisa rannte weg.

«Soll sich mal beruhigen», sagte Rausch, und ich wusste nicht, wer.

«Musste das sein?», fragte ich.

Gunnar nickte. Klose legte sich hin.

Ich fragte, wie lange so ein Spiel lief.

«Findste öde? Wie Elisa», sagte Gunnar.

«Neenee.» Ich spielte schlecht auf allen Ebenen.

«Bis dreiunddreißig», sagte Thorsten.

Meinen Hund zu ignorieren, kostete mich die Hälfte meiner Konzentration. Klose lag, aber hechelte stark.

«Was sind denn deine Tipps zur Hundeerziehung?», fragte ich und hoffte, die Schleimspur würde alles zum Flutschen bringen.

«Führerqualitäten.» Rauschs Stimme bebte vor Ergriffenheit über die eigene Ergriffenheit. «Musst du haben. Sonst schaff dir keinen Hund an. Weißt du», und ich wusste, jetzt kam einiges zu wissen, «das is wie ein Staatschef. Entweder kannst du ein Volk führen oder nicht. Da ist ‹Wir werden mal sehen› und ‹Man muss mal alles von allen Seiten betrachten› überhaupt nicht hilfreich. Du musst wissen, was du tust. Bei Fehlern keine

Entschuldigung. Die meisten brauchen Führung, und wer so tut, als ob er nicht führt, obwohl er führen sollte, ist ein schlechter Führer. Gibt immer Opfer, aber besser, als wenn alle Opfer sind.» Seine Kugel zischte ab und warf die rote Kugel gegen die Bande.

«Aha», sagte ich, «also sind Menschen wie Hunde?»

Gunnar lachte, als würde er gleich einen Sperling hochwürgen. Die Luft im Raum war plötzlich nicht mehr geeignet zum Einatmen. Die Fische schlossen den Mund. Klose stand auf und bellte.

Rausch zielte mit dem Queue auf den Hund: «Aus!», schoss er.

Klose hörte auf zu bellen und legte sich hin. «Nee, leider sind Menschen nicht wie Hunde.» Er legte das Gesicht in Bedauern. «Hunde wären leichter. Die haben kein Problem damit, Systeme zu akzeptieren und sich unterzuordnen. Es ist doch so ...», sagte er, und ich ahnte schon, wie es war, «Menschen schwächen sich ständig selber durch ihre Moral. Dann kommt jemand, der unmoralisch ist, und nimmt uns alles weg, und wir sind zu moralisch, um uns ebenso unmoralisch zu verhalten. Und das gilt vor allem für euch.»

Euch waren wohl ich und der Hund. Oder alle, die wie ich und mein Hund waren, nicht fähig zu führen, nicht fähig, sich führen zu lassen. Ich bekam ein neues Bier und hatte schon einen sitzen, als wäre in meinem Bier mehr drin gewesen als sonst.

«Dreiunddreißig», sagte Gunnar, sammelte die Euroeinsätze ein und baute das neue Spiel auf. Ich setzte eine Runde aus und aß den Cheeseburger mit Pommes.

«Es ist so», sagte Rausch und sagte mir, wie es war: «Ihr

habt gar keine Chance, wenn ihr versucht, uns mit euren Mitteln zu schlagen, während wir euch mit unseren Mitteln schlagen werden. Und wenn ihr versucht, uns mit unseren Mitteln zu schlagen, dann seid ihr schon wie wir. Ihr habt keine Chance. Ihr verliert gegen uns oder gegen euch selber.» Er holte sechs Punkte. Drei Schwarze auf einmal.

«Haha, Kahlschlag!», rief Gunnar, sie klatschten ab und ließen dabei die die Arme unnötig ausgestreckt und die Hände unnötig gerade in der Luft stehen.

«Wenn man alle drei boxt, dann isses befreite Zone», sagte Thorsten und lächelte das freundlichste Biberlächeln aller Zeiten. «Klappt aber nie! Kommt immer ein Bulle oder ein Roter dazwischen.»

«Oder ein Verräter», sagte Rausch.

Thorsten fuhr sich mehrmals mit der flachen Hand über den Mund.

Ich schwieg lieber, ging zu Klose, der rumstand und fiepte. Ich herrschte ihn an, und er legte sich. Hätte er es nicht getan, hätte ich für nichts garantieren können.

«Fein.» Rausch meinte mich.

Ich wollt mich von hier weghäuten.

«Also mal Klartext», hob er weiter zu seinen Reden an, «angenommen, es geht darum, dass die oder wir überleben, und du weißt, wer die sind, dann sag ich dir, dass ich dafür bin, dass wir überleben. Und du? Legst du dich schön brav zum Köpfen hin? Was hat dir dann deine Kopfarbeit gebracht? Und komm mir nicht mit so Zeug, dass bei solchen Kämpfen Unschuldige sterben. Auch dann bin ich dafür, dass besser ihre Unschuldigen sterben als unsere. Und wenn du da keine Position hast und die nicht mit unseren Mitteln verteidigst, dann wirst du eine von diesen Unschuldigen sein. Dann kannst du auch schuldig und bewaffnet im Kampf sterben.»

Ich wischte mir den Mund mit einer zu harten Serviette ab und knüllte sie gründlich zusammen.

«Eigentlich ist doch die Frage, ob wir Menschen oder Tiere sind», sagte ich. «Du redest von Tieren.»

Rausch schüttelte langsam den Kopf. «Ich rede vom Überleben. Ich hab die Regeln nicht gemacht.»

Thorsten sagte: «Nein, hat er nicht. Das hat keiner. Die sind einfach so, wie sie sind, Mäuschen.»

Und Gunnar nickte.

Klose war wieder aufgestanden und zitterte, klappte immerzu das Maul auf und zu. Er legte sich hin, als ich, ohne ihn anzusehen, einmal in seine Richtung schnipste. Ich war nun so stark wie Rausch.

Elisa tauchte an der Tür auf. «Ihr müsst noch die Räder abdecken. Soll regnen heut Nacht.»

Rausch nickte. «Machen wir sofort!»

«Ich würd an deiner Stelle abhauen», sagte sie zu mir, als wir allein waren. «Ich geh jetzt schlafen, aber ich hab das Tor aufgemacht.» Sie ließ sich von Klose ablecken. «Brauchst nicht danke sagen. Ich kann dich nicht ab und will, dass du gehst. Wenn irgendwas abgeht und wenn Gunnar da reingezogen wird, kriegt er nur wieder Ärger. Also verpiss dich.»

Ich bedankte mich nicht. Mir war schlecht.

Dann waren die Männer schon wieder zurück. Rausch hatte seinem Blick einen anderen Anzug angelegt, gebügelter. Er streckte die Arme nach Elisa aus, legte ihr die

Hände auf die Schultern und sagte: «Mädel, das Tor ist auf. Geh das sofort zumachen!»

Elisa ging. Gab Gunnar beim Gehen einen Kuss auf den Mund, Thorsten einen auf die Wange. Meine Lippen waren trocken.

Klose schlotterte.

«Spielen wir noch 'ne Runde?», fragte ich, aber meine Stimme schlitterte wie ein leergelöffeltes Ei über eine vereiste Badestelle. Ich trank das Bier aus und hielt mich mit dem Queue aufrecht.

«Nein!» Rausch stellte seinen Queue weg. «Schluss mit lustig.»

Ich befürchtete, dass sie meinen Puls sehen konnten, wie er durch meine dünne Haut pochte. Klose war schon wieder aufgestanden, zog an der Leine den Stuhl ein Stück hinter sich her.

«Du darfst schlafen gehen», sagte Rausch. «Du brauchst keine Angst haben. Keiner wird dir heute Nacht was tun. In ein paar Jahren sind wir sowieso an der Macht. Gute Nacht!»

Der Hund und die Angst zerrten mich zum Zelt. Im Eingang blieb ich sitzen. Ich starrte in die Finsternis. In der Annahme, dass Klose genauso viel Schiss wie ich hatte, machte ich ihn ab, damit er sich in der Nähe erleichtern konnte. Er lief weg, und ich sah sein Blinkhalsband am Waldrand entlanglaufen. Dann bellten die Rottweiler. Ich traute mich nicht, zu rufen. Irgendwann kam Klose wieder und hatte einen leicht irren Ausdruck in den Augen.

Ich wartete, dass unten im Haus das Licht ausging.

Aber es brannte die ganze Nacht. Und ich bewegte mich keinen Millimeter. In Gedanken ließ ich Rad und Zelt zurück, hob Klose über das Gatter und lief in den dunklen Wald. Immer wieder malte ich mir aus, wie ich die Spitzhacke nahm und damit auf Rauschs Kopf zielte. Ich sah mich auch mit dem Klappspaten auf alle drei Köpfe schlagen. Ich müsste schnell sein. Und die Rottweiler müssten meine Autorität sofort erkennen, wenn ich «Aus!» rief. Ich flüsterte es so entschlossen, wie es ging.

Die ganze Nacht fielen die Eicheln. Manchmal auf das Blech von der Wandzeitung zum Thema Feuer, Wasser, Sturm. Das Geräusch höhlte mich total aus. Ich war in dem Moment vielleicht kein Mensch mehr.

Der Morgen war grau, und ein feiner Nieselregen kam aus irgendeiner Richtung. Ich legte mich ins Zelt und schlief tatsächlich. Als ich wach wurde, regnete es richtig.

Ich wollte aber weg, und es sollte nicht wie eine Flucht aussehen. Als ich aus dem Zelt schaute, war unten am Haus niemand zu sehen, also begann ich, das nasse Zelt einzupacken. Ich würde alles packen und hoffen, dass das Gatter offen war.

Als alles am Rad befestigt war, leinte ich Klose um meine Hüfte und schob meine Sachen neben mir her.

Das Gatter war zu.

Im Haus fand ich Rausch, der die Fische anstarrte. «Keiner hier. Nur du und ich», sagte er. Die Aquariumpumpe summte. Hatte ich nachts noch gedacht, dass ich keine Chance hatte, weil Thorsten und Gunnar da waren, hatte ich jetzt keine, weil sie nicht da waren.

«Du musst keine Angst haben. Ich würde so einem zierlichen Ding wie dir nie was tun. Das gehört sich nicht.»

Ich zuckte irgendwie mit den Schultern. Ich hatte überhaupt keine Ahnung, wie ich mich verhalten sollte. Ich konnte auf keine Floskel und keine Geste zurückgreifen. Alle meine Gefühle waren die von Tieren. «Ich muss jetzt weiterfahren. Muss heute Nachmittag in Dimmritz sein.»

«Klar!», sagte er. «Ich mach dir auf.» Er drückte seine Zigarette aus, und sein Lächeln war gar keins.

«Da fährt sie lieber in das Unwetter raus!», sagte er zu sich selbst.

«Ich muss ja nach Dimmritz», sagte ich.

Vorne am Gatter fasste er mir an die Hüfte, ohne mich anzusehen oder etwas zu sagen. Er schnappte den Karabiner der Leine auf. «Du kannst gehen. Bedingung: Der Hund bleibt hier.»

Dann erst öffnete er das Schloss. Als Klose fiepte, ruckte er kurz an der Leine.

«Nein!», sagte ich. «Auf keinen Fall!»

«Ach, lass das doch. Hau doch lieber ab!» Und er fasste nach meinem Arm und rubbelte daran herum, als wollte er Feuer machen. Als hätte er irgendwo mal gesehen, wie jemand jemand anderen getröstet hatte.

«Los, ist besser! Hau ab!»

«Nein!», sagte ich wieder und wollte nach der Leine fassen.

Er hielt Klose jetzt so stramm, dass sein Kopf in der Schlinge hing und er aussah wie ein Hund, der er sein könnte.

«Hast dich tapfer gewehrt.» Rausch lachte. «Fein!» Dann legte er mir die Leine um die Hüften, schloss den Karabiner.

Mir war kotzübel.

Ich stieg sofort aufs Rad und fuhr ohne ein weiteres Wort los.

«Tschüssi», rief er mir nach und lachte immer noch.

Das Wetter warf sich auf die Landschaft. Ein Himmel war nicht da. Die Wolken wie vollgesaugter Rauch. Die Abwesenheit von Licht.

Es krachte schon einen Ort weiter.

Ich fuhr ein ziemliches Stück, in einem Tempo, dass der Hund kaum hinterherkam. Dann hielt ich und brüllte in meine Hände. Klose bellte, und ich ließ ihn. Als der Regen vorbei war, war ich fertig mit Heulen.

Maran

Der Coach war mir empfohlen worden von Menschen, die klarkamen. Eigentlich mied ich solche mit Absicht. Sie haben die Schwäche, dass sie Schwächen nicht verstehen.

Der Coach hatte eine Fresse, die hatte er sich selbst gezogen. Seine Nageraugen wieselten durch mein Gesicht, um einen Unterschlupf zu finden, dort zu nagen und das Nest zu nennen.

Ich glaubte ihm kein Wort. Zu viel Seife, zu wenig Körper. Wenn man immer davon ausgeht, dass man selbst falsch ist, erkennt man falsche Menschen manchmal nicht gleich, weil man denkt, dass man selbst wieder falschliegt.

Als er sagte: «Ungewöhnlich für eine Frau», kam ich sofort klar, erhob mich, sagte: «Na, dann!», bevor er nach Kindern fragte. Kinder waren ja auch nur kleine Leute, und wenn man Leute nicht mochte, dann waren kleine Leute ein noch viel größeres Problem als große.

Als würde ein Uterus mich zähmen müssen. Als bräuchte die Freiheit die Genehmigung, frei zu sein. Als wäre Schreien nur lautes Reden.

Ich hatte einige Freundinnen ans Muttersein verloren. Sie fotografierten Plätzchen und scheuchten ihre Gedanken durch ihre beschnittenen Perfektionismusgärten, weil sie ja jetzt Verantwortung hatten. «Hättest deine Tochter ja Verantwortung nennen können. Schöner Name!», habe ich einmal zu Katharina gesagt. Und sie so zu mir: «Das ist lustig!» Das verwirrt mich voll, wenn Leute sagen, dass etwas lustig ist, aber gar nicht lachen.

Ich war nach Hause gestampft. Eine Schneise tat sich zwischen den Menschen auf. Das Gegenteil einer Rettungsgasse, denn wenn einem alle aus dem Weg gehen, ist das die Verhinderung einer Rettung.

Da sah ich den Mann mit dem gelben Hut das erste Mal. Er lief genau vor mir, lief wie ich zum Bahnhof, stieg an derselben Station wie ich um, stieg an derselben Station wie ich aus, ging in dieselbe Straße wie ich und war dann weg. Wenn ich mir nicht sicher gewesen wäre, dass ich ihn nicht verfolge, hätte ich denken können, dass ich ihn verfolge. Da dem nicht so war, musste er mich also das Gegenteil davon: Er folgte mir vor.

Am nächsten Morgen lag ich mit einem Notizzettel im Bett. Er war gelb und klebte an meinem Bauch. Darauf stand in mir unbekannter Handschrift: «Heute sollst du aufbrechen.» Selbst wenn ich verrückt wäre, würde ich mir doch keinen Zettel in einer verstellten Handschrift schreiben. Und dann hätte ich es absichtlich vergessen müssen. Wenn man über so was nachdenkt, kann man gleich seinen Kopfumfang ausmessen für die Bestellung beim Aluhutladen.

Ich warf den Zettel weg, aber wenn ich mir wirklich glauben würde, dass da kein Zettel gewesen war, dann wäre ich noch verrückter, denn dann hätte ich mir selbst bewiesen, dass ich mutwillig vergessen konnte. Was bewies, dass der Zettel doch von mir war. Also war es besser, den Zettel aus dem Mülleimer zu holen und ihn nicht zu vergessen.

Aufbrechen also. Losgehen oder kaputtgehen?

Lieber losgehen.

Ich befühlte mich, ob ich schon riss. Da war ein Riss unter meiner Brust. Die Wunde war mit einem durchsichtigen Gelee verschlossen, und dahinter schlug das Herz, aber alles zu Brei, nichts zu Sahne. Was war das denn für ein Tekkno? Wo war die Melodie?

Ich schaffte es auch an diesem Morgen, zur Arbeit zu gehen, ohne dass mir die Sehnsucht überkochte. Ich sehnte mich nach einer Zeit, als die weißen Klingelknöpfe am Haus meiner Großmutter acht glänzende Rücken von acht Käfern waren. Wenn ich klingelte, flitzten die Käfer hoch zur Großmutter und klopften dort.

Ich sehnte mich danach, dass der Zeitbegriff etwas war, was die Großmutter immer im Mund führte, das bei allem, was sie sagte, als zweite Zunge mitschwang. Wenn du nicht bald, beeil dich, in fünf Minuten.

Ich wusste, dass nicht die Zeit die Großmutter antrieb, sondern die Großmutter die Zeit.

Ich ging ins Büro. Der Wind warf sich den Menschen in die Rückensegel und trieb sie zu ihren Arbeitsplätzen. Die tägliche Umverteilung setzte ein: ein jeder Mensch an einen anderen Ort. Kleine Kinder in kleine Häuser, große Kinder in große Häuser, Erwachsene in sehr große Häuser. Als dann jeder auf ein fremdes Kind aufpasste, einen fremden Haushalt führte, für andere Essen zubereitete, Angelegenheiten von anderen verschob, stand die Stadt wie ein leeres Bücherregal.

Alle Tätigkeiten hatten die Türen geschlossen. Ein Fensterputzer schwebte in den Himmel. Der Lappen tropfte siebzehn Stockwerke tief.

Auf dem Heimweg von der Arbeit kaufte ich mir eine gelbe Mütze.

Dann rief meine Mutter an.

«Mir tut gar nichts weh», sagte sie, «kein bisschen, der Rücken ist in Ordnung, das Knie macht keine Probleme, und Papa geht's auch so gut. Das ist doch nicht normal in seinem Alter. Da muss er morgen mal zum Arzt, die haben doch immer was Ansteckendes da. Tessa, ich kann nicht mehr, wir haben alles im Haus erledigt, ich kann mit den Nachbarinnen über nichts reden. Die haben alle irgendwas Interessantes. Wir haben uns beim Tanzen angemeldet, die Garage aufgeräumt, den Froschteich neu gemacht. Hast du eine kleine Erkältung für uns? Wenn du uns Enkel gemacht hättest, dann wären wir ständig krank, wegen der Kindergartenkeime, aber nein, quickfidel in unserem Alter, Tessa, ich weiß nicht, was ich machen soll. Ich habe Krank im Alter gekauft, aber da steht drin, wie man wieder gesund wird. Ja, würde ich gerne, aber ich muss ja doch erst mal krank werden.»

«Kauf dir doch einen Hammer und hau ihn dir auf den Kopf», sagte ich.

Mutter fragte, ob ich vorbeikäme, wenn sie dann eine Verletzung hätte.

Da war der gelbe Hut wieder.

«Mama, ich muss Schluss machen.»

Immer wieder tauchte der gelbe Hut zwischen den

Menschen auf. Ich versuchte, meinen eigenen Weg zu gehen, um ihm nicht absichtlich zu folgen.

Dann stand er vor mir und drehte sich um. Er blickte mich an wie einen Baum oder eine Bank, die aus einem Baum gebaut worden war, oder wie ein beliebiges Huhn, mit dem alles stimmte, das gerade nichts tat und auch nichts Bemerkenswertes an sich hatte. So angesehen und nicht angesehen wurde ich noch nie.

«Sie müssen mir nicht hinterherlaufen. Es ist ja nicht wichtig, wo ich hingehe, sondern wo ich vorher war.»

«Und wo waren Sie vorher?», fragte ich.

«Tigertown», sagte er, nickte kurz und ging. Während ich stand und nur gedanklich hinterherzukommen versuchte. Ich war nun von meiner Lok abgekoppelt und an einem Umsteigebahnhof.

Als ich zu Hause nach meiner Wunde sah, hatte sich das Geleefenster vergrößert. Als ich Eis auf die Stelle legte, wurde der Schmerz wütend. Er wollte nicht kalt gestellt werden. Das Wehtun wollte weh tun. Ich ließ Luft ran, lag nackt auf dem Bett und las im Internet über Tigertown, die Hauptstadt von Maran.

Das klang alles nicht gut: Dreck, Armut, Krankheiten, Bettler.

Ich fragte mich, warum selbst das, was gut klingen sollte, so schlecht klang.

Ich fragte mich, wie sich von dort aus Reiseführer für hier lesen würden: Sauberkeit, Reichtum, Gesundheit, Arbeit?

Als meine Mutter anrief, erzählte ich ihr nichts von gar nichts. «Tessa», sagte sie in dem Tonfall, in dem sie sich am wohlsten fühlte, «dein Vater hat sich den Finger gequetscht, aber keine Sorge, du musst nicht herkommen, nur wenn du willst. Es ist nur ein bisschen, ein blauer Fleck mit gelbem Rand, und der Nagel ist schwarz. Jetzt kann er gerade nicht so gut zupacken, und alles bleibt an mir hängen.»

Meine Großmutter hatte immer gesagt: «Wie kann man nur zu Friedenszeiten so ein Gesicht ziehen?» Ob sie das auch zu meiner Mutter immer gesagt hatte, weiß ich nicht. Dann schickte mir meine Mutter ein Foto. Es war Vaters Daumen, und er hielt ihn auf dem Foto hoch und lachte.

«Ist bei dir alles in Ordnung? Du klingst so», fragte sie.

Ich sagte: «Hilf mir mal, indem du mich in Ruhe lässt.»

Nach dem Telefonat buchte ich einen Flug nach Tigertown.

Das Flugzeug landete um Mitternacht in Maran. Die Wunde brannte, und das Blut schlug mir die Jacke von innen nass. Ich lief aus. Neben mir hatte ein junger Maraner gesessen, der nach Gewürz roch. Bei der Landung verfiel er in eine Verzückung und klatschte auf eine irre Art. Er hob die Hände über den Kopf, eine Hand, als wäre sie sein Dach, und die andere Hand, als wäre sie sein Regen. Und er ließ dabei die Regenfinger so locker, dass ein Plätschern entstand. Auch die anderen Maraner im Flugzeug waren erregt.

Es war warm auf dem Rollfeld und der Himmel ein gelber Dunst, in dem Lichter stecken blieben. Die Gerüche alle fremd. Verbrannt. Oder Smog. Ich wusste nicht, ob man den roch.

Ich trieb mit der Herde zum Flughafengebäude, ein fremdes Tier, das seine Ortung nur im Vertrauen auf die anderen Tiere fand.

Ich musste eine Weile auf meinen Koffer warten. Um mich herum waren nur Maraner. Das war kein beliebtes Reiseland. Im Reiseführer stand «katastrophale Zustände». Es sei kriminell und dreckig, voll und ohne Meer. Es hieß, dass die Menschen wütend seien auf die früheren Besatzer und es oftmals Angriffe auf Europäer gäbe.

Noch nie vorher hatte ich in solchem Frieden zwei Stunden auf etwas gewartet.

Demütig und still standen die Leute. Sie konnten das besser als ich. Es gab keine Zuckungen von «Was dauert denn da so?» oder «Wo könnte ich mich jetzt beschweren» oder «Wie nutze ich diese Zeit?». Sie standen, und das war alles, was sie taten.

Vielleicht könnte ich manchmal hierherfliegen, nur um zwei Stunden auf meinen Koffer zu warten.

Dann kam der Koffer, und ich musste zur Passkontrolle. Die Maraner hielten ihren grünen Pass hoch und liefen durch. Ich musste vier Zettel ausfüllen. Ob meine Eltern an Kriegen um Maran teilgenommen hatten.

Der Polizist sprach meinen Namen als Tescha aus. Das war so weich, dass es in eine Mundhöhle passte, genau mundhöhlengroß und mundhöhlenrund. Mein Nachname wurde zu Keschel.

Als ich aus der Empfangshalle trat, sah ich mich nach einem Schild um. Ein Mann kam auf mich zu, und er fragte, ob ich Tescha Keschel sei. So hatte ich es mir nicht vorgestellt. Da konnte er aber nichts für. Er war gerade noch ein Junge gewesen und trug eine helle Hose, ein helles Hemd, beides fleckig. Das Auto war alt. Ich ließ mir den Koffer nicht abnehmen, stellte ihn auf die Rückbank und legte meine Hand darauf. Dann zog ich meinen Schal über den Mund, weil der Geruch außerhalb des Flughafens immer stechender wurde.

Das alles war dem Mannjungen egal. Er registrierte es, aber er fand es nicht irgendwie. Ich fand das gut, denn ich fand, man müsse alles finden.

Wir fuhren lange durch seltsame Gegenden, zerfallene Mauern mit Schriftzeichen, die ich nicht lesen konnte. Das alles wirbelte mich hoch, zusammen mit der Angst, bei einem Kriminellen im Auto zu sitzen, der die ehemaligen Besatzer hasste und mich von oben nach unten aufschlitzen würde. Dabei würde er meine seltsame Wunde sehen.

An jeder Stelle, links und rechts und egal, wo wir langfuhren, überall war etwas. Improvisierte Zelte, improvisierte Zuhause, improvisierte Feuer, um die Menschen standen. Leute lagen rum ganz ohne improvisiertes Zelt. Überall Hunde in großen Rudeln.

Die Menschen verbrannten irgendwas, grillten irgendwas, redeten irgendwas. Jede Mutmaßung war ein Wagen ohne Lenkrad. Ich hob die Hände vom Steuer und ergab mich.

Als mir egal war, wann wir am Hotel wären, waren wir da. Am Eingang durchleuchtete man das Gepäck und mich. Davon sollte ich mich sicherer fühlen.

In der ersten Nacht schlief ich nicht, nicht nur wegen der Zeitverschiebung. Vor dem Hotel gab es zwei Straßen und keine Ampel. Alles was sich auf den Straßen bewegte, tönte, bevor es an die Kreuzung kam, große Wagen und kleine, Kutschen und Dreiräder, bepackt mit Lasten, die größer als das Dreirad waren. Das wäre bei uns verboten. Tröten, Hupen, Klingeln und etliche andere Signale. Mitten in der Nacht. Auch das wäre bei uns verboten. Kurze Melodien und lange, Tröten, ein ganzes Lied. Ich versuchte zu verstehen, dass hier an dieser Stelle jede Nacht so war. Ein unklares gelbes Licht, vielleicht vom Hotel. Zwischen den Straßen war eine staubige Insel und darauf mehrere Planen und Leinen und ein stark qualmendes Feuer. Das wäre bei uns auch verboten.

Ich saß auf einem Sessel am Fenster. Als ich endlich eingeschlafen war, begannen draußen die Hunde zu kämpfen. Wäre bei uns verboten. Die restliche Nacht saß ich wach.

Am nächsten Morgen klaffte die Wunde, als wäre sie bisher nicht gehört worden. Ich wollte vor ihr weglaufen. Die Öffnung reichte vom Solarplexus bis zum Bauchnabel. Wo die Haut sein sollte, war dieses feste durchsichtige Gelee. Das konnte ich nicht fassen und nicht anfassen. Konnte nicht im Sinne von wollte nicht. Ich hatte Angst, dass die Masse durchlässig wäre, und meine Neugierde mich trieb, mir in den eigenen Bauchraum zu fassen und alles wissen zu wollen. Mir war schlecht. Mein Herz arbeitete schneller, und ich sah es. Mein Magen arbeitete, auch das sah ich. Meine Organe waren dicht beieinander und passten ineinander. Das Fließen und Pumpen. Ich starrte auf meine Vorgänge und musste mir die Hand vor die Augen halten, um wegsehen zu können. Ich zog mich schnell an.

Tigertown, dachte ich. Und jetzt? Da nichts passieren würde, wenn ich im Hotelzimmer blieb, ging ich frühstücken. Viele Sachen kannte ich nicht, biss ab und legte sie an den Rand des Tellers, in der Mitte blieb ein Nichts. Tigertown, dachte ich wieder. Vermutlich würde nicht viel passieren, wenn ich im Hotel blieb. Also ging ich in den Garten. Von dort aus konnte man die Verkehrsinsel auf Augenhöhe sehen. Ringsum ein schmaler Zaun, auf dem Stoff und Kleidung hingen. Etliche improvisierte Zelte, noch mehr Matratzen, zwei oder drei Familien, oder war das eine? Kinder rannten um die Feuerstelle, hinter ihnen her ein brauner Welpe, der sich wie ein Kaninchen bewegte. War das ihr Hund? Würden sie ihn behalten? Würden sie ihn essen? Verjagen, wenn er groß war? Eine Frau hängte längliche Stoffstreifen auf. Wofür waren die? Ein Mann brachte Wasser in großen Flaschen. Woher hatte er das? War es sauber? Ein anderer Mann ging zu ihm und half tragen. War das der Bruder? Der Sohn? Sie brachten die Flaschen zu großen Töpfen. War das die Küche? Dann wuschen sie die Kinder. War das das Bad? Wie oft wurden die Kinder gewaschen? War das Wasser sauber? Sie spritzten den Hund nass. Hatte er einen Namen? Und war das Wasser sauber? Zwischen dem milchigen Himmel und ihren Köpfen fuhr eine silberne, reflektierende Hochbahn. Wenn sie kam, fuhr in der Spiegelfläche das Hotel vorm Hotel vorbei, und jeder, der aus einem Hotelfenster sah, war kurz ein Reisender und ein Bleibender. So war diese Stelle der Welt. Alle paar Minuten der klappernde Zug, dazu das endlose Fahren und Tönen von allen Seiten. Noch weiter oben an Masten Kabelleitungslinien, aus denen Karos und Dreiecke wurden, die Enden der Kabel in einem Gefitz aus großen Knäueln. Auf den schwarzen Streifen Tauben. Ein junger, dünner Mann mit Locken stand auf der Verkehrsinsel, sah hoch und pfiff auf seinen Fingern. Die Tauben stoben auf und zogen als sich ausdehnende und zusammenziehende Gebilde auf und ab, drehten wie ein Fächer zurück, alle dunkelgrauen Rücken, dann alle hellgrauen Bäuche. Warum flogen die Vögel auf? Waren sie nicht an das Pfeifen gewöhnt? Der Mann pfiff wieder. Die Kinder hörten auf, um das Feuer zu rennen, der Welpe hörte auf, hinter den Kindern herzurennen. Alle starrten hoch. Die Hochbahn kam und spiegelte die Formationen der Vögel, die auf ihr und mit ihr flogen, aber nicht weiterkamen, die über sich selbst flogen und unter sich selbst. Wie der Zug nur für Sekunden die Tauben mitnahm und zurückließ, sie verdoppelte auf seinen geriffelten silbernen Waggons und alles klapperte und vibrierte. Ich wusste, dass ich das für immer ansehen konnte, wenn ich die Augen schloss. Es war nun ganz meins.

Darum pfiff der Mann. Als die Vögel wieder gelandet waren, rannten die Kinder zu dem jungen Mann und übten pfeifen.

Tigertown, dachte ich. Um noch mehr zu sehen, müsste ich den umzäunten Garten des Hotels verlassen.

An der Rezeption buchte ich eine kurze Stadtrundfahrt. Ich fragte die alte Frau an der Rezeption, ob man aussteigen müsse. Sie lachte sehr laut. Sie war älter als meine Mutter und arbeitete noch. Sie trug die traditionelle Kleidung von Maran. Bauchfrei. Dabei war sie recht korpulent. Das war bei uns verpönt. Sie bewegte sich ausladend und trug sehr viel Schmuck. Sie lachte sehr laut und mit schlechten Zähnen. Das war bei uns alles verpönt. Sie legte mir die Hand auf die Schulter, und ich knickte fast in den Knien ein von dieser Berührung.

Wenn irgendetwas wäre, irgendwas, sagte sie, egal was, sagte sie, könne ich es ihr sagen. «Nicht fragen», sagte sie, «nur sagen.»

Ein Bus kam und holte mich ab.

Ich grüßte die Leute, die schon drin waren, nicht. Mein Nichtgruß wurde erwidert.

Ich setzte mich ans Fenster und ließ alles auf mich einexplodieren. Ungefähr fünf Minuten hatte ich noch Wörter.

Ich sah, ich sah, ich sah, ich sah, ich sah, ich sah.

Maulesel mit Bommeln. Kutschen mit Fransen. Frauen mit Schmuck. Fahrräder, auf die Möbelstücke geschnallt waren. Kamele mit bemalten Hufen. Pferde mit Mützen. Ein Mann mit einem Karren. Ein älterer Mann mit einem Karren. Ein noch viel älterer Mann mit einem Korb voll Brot auf dem Kopf. Dreck und nicht Dreck und Müll und Frauen mit Besen und Hunderte Frauen in Blau, die sangen. Männerhorden in der Hocke, die Karten spielten neben Affenhorden, die auf dieselbe Art dahockten und versuchten, aus einem Eimer so viel Obststücke wie möglich in Händen und Mündern zu transportieren, und alle Häuser orange mit weißen Mustern, an den Fenstern Tücher oder Teppiche oder Ware oder Gardinen oder Kamelfiguren mit Glocken und Stände mit Orangen und Stände mit Paprika und Stände mit irgendwas, braun und lang, und Schweine unter dem Stand, die fraßen, was

runterfiel, und Kinder, die die Schweine wegführten, und
Schweine an einem Feuer und eine Gruppe ganz in Weiß,
die alle etwas Grünes auf der Schulter trugen, etwas Großes, und ein blühender Baum, an dem eine lange Leiter
wackelig stand, und darauf eine alte Frau, die sich nicht
festhielt und irgendwas in ihre Kiepe warf, und keiner
hielt die Leiter, und keiner hatte ein Netz gespannt, und
sie hatte keine Knieschützer, keinen Helm, und sie war
uralt. Und Kinder, die zu siebt auf einem Fahrrad fuhren,
und keines mit mehr als dünnen Leinensachen und
einem Lachen. Und ein Hund rannte hinterher ohne
Leine und bellte ohne Maulkorb und kackte auf die Straße,
falls das eine Straße war, und überall waren offene Läden
mit bunter Kleidung und daneben Körbe voll Federn und
daneben Körbe voll Schrauben und daneben ein Laden
voller Rohre aus Plastik und Blech und Ton, und es wurden noch mehr Rohre abgeladen oder aufgeladen. Neben
der Straße ein Mann, der auf dem Boden hockte und
einen Schuh reparierte, daneben ein Mann, der auf seinen Schuh wartete, und daneben ein hoher Stuhl, wo sich
ein Mann rasieren ließ, und daneben ein offener Laden
und davor jemand, der mitten auf dem Bürgersteig mit
einer reinweißen Nähmaschine nähte, und Kinder rannten vorbei und eine Kuh, die aus einem Mülleimer fraß,
und jemand schlug zwei Pfannen aneinander und ver-
scheuchte die Kuh, und darüber auf dem Dach eine Frau,
die Teppiche ausklopfte, und darüber Vogelschwärme
und links jetzt ein Brunnen, an dem Ratten gefüttert
wurden, und dann ein Lastwagen mit hundert Leuten
auf der Ladefläche, eine Kutsche mit gläsernen Gefäßen
darauf und ein Mann, der zwei riesige Messer schärfte,

und Männer, die Fußball spielten, dahinter ein dreckiger Tümpel, davor Frauen, die auf Schneidbrettern auf dem Boden Salatköpfe zerteilten, darüber ein Haus aus Einkaufstüten in einem Baum.

Jetzt hatte ich alles gesehen.

Alles.

Aber wir bogen ab, und da ging es weiter.

Ein Schlachter, vor dem Gedärme lagen, und dahinter Käfige mit Tieren und davor Kunden, die auf Hühner zeigten, und ein Mann mit riesenhaften Füßen ohne Schuhe und kurzen Beinen auf einem umgebauten Fahrrad, und er klingelte sich den Weg frei, und jemand spuckte Kernschalen, und jemand machte eine Bewegung, die ich noch nie gesehen hatte, mit einem Gegenstand, von dem ich nicht wusste, wozu er nütze war in einer Kleidung, die eher wie eine Tasche aussah.

Und obwohl ich dachte, es müsste, passierte es nicht, knallte bei mir keine Sicherung durch. Es war viel, aber nicht zu. Es war auf.

An einer Kreuzung bewegten sich alle zu Fuß oder auf Rädern oder auf Tieren in einem dichten fließenden Gedränge in alle Richtungen, und ich dachte an meine Organe, in denen ich das Blut gesehen hatte.

Der Reiseleiter sagte, dass wir am Palast wären, Wertsachen im Bus lassen, beieinanderbleiben.

Ich blieb im Bus. Ein paar andere auch.

Ich sah die Gruppe weggehen, umringt von postkartenbehängten Kindern, von Händlern mit Schneekugeln und Kämmen mit Schnitzereien.

Die anderen im Bus redeten über andere Länder, in denen es ähnlich war oder anders, welche Fluglinie welchen Saft hat, was hier am besten schmeckt, welche Impfungen sie hatten.

Sie fragten mich kurz, ob es mein erstes Mal hier sei. Ich sagte: «Ja. Erster Tag», und sie ließen mich in Ruhe.

An der Busscheibe tauchte ein Schuh auf und klopfte. Ich schaute nach unten. Dort stand eine Frau, einen Stock in der Hand, oben den Schuh draufgesteckt. Sie zeigte mir einen goldenen Pfau.

Sie zog sich ihren Schuh mit Hilfe des Pfaus wieder an. Ein Schuhanzieher. Ich hatte keinen. Hatte noch nie einen. Aber jetzt wollte ich einen. Den. Ich öffnete das Fenster. Das Getöse kam ungefiltert hereingestürzt. Dazu die Gerüche, die Hitze.

Die anderen warnten mich, dass ich sie nicht mehr loswerden würde. Aber ich wollte den Pfau ja haben.

Die Frau reckte sich, um ihn mir zu reichen, aber ich kam nicht ran, sie nicht weiter hoch. Sie zog ihren Schuh wieder aus, schob den Pfau bis vorne in die Schuhspitze, hängte den Schuh auf den Stock und streckte ihn hoch zu mir.

Sie lachte, und ich lachte, als ich den Pfau hatte. Ihr Schuh war nass und roch. Der Pfau war kühl und schwer.

Mit einem Steinchen schrieb sie einen Preis auf ihren braunen Unterarm. Dünne helle Linien. Ich konnte auf meiner hellen Haut nicht schreiben. Ich schrieb einen anderen Preis ans staubige Busfenster. Sie wischte mit Spucke die Linien von ihrem Arm, ritzte neue hin. Ich schüttelte den Kopf, schrieb andere Zahlen ans Fenster.

Dann warf ich das Geld runter.

Sie führte ihre Hand zum Mund. Ich warf ihr einen

Müsliriegel zu. Sie nickte und ging zu einem Bus, der in der Nähe parkte, dort zog sie ihren Schuh aus, steckte ihn auf den Stock und klopfte damit ans Busfenster.

Am nächsten Tag könnte ich vielleicht den Bus verlassen, dachte ich.

Mein Pfau saß in meinem Schoß.

Der Reiseleiter streichelte meine Wange, um mich zu wecken. Ich erschrak, fasste nach dem Pfau.

«Erster Tag?», fragte der Reiseleiter. «Wir sind an Ihrem Hotel.»

Ich konnte mich kaum auf den Beinen halten. Die alte Frau von der Rezeption kam raus und umfasste mich, brachte mich rein, gab mir Wasser und lachte sehr laut. Sie rubbelte an meinen Oberarmen, als wollte sie mich anzünden.

Ich bat sie, mit mir in den Raum zu gehen, wo die Koffer aufbewahrt wurden, und zwischen dem ganzen Gepäck hob ich mein Hemd an. Die Wunde war noch größer geworden, vom Hals zum Becken. Alles lag offen. Die Frau schwenkte ihren Kopf, als wäre eine Flüssigkeit darin, die von innen alles benetzen sollte. Sie kam näher, beugte sich herab, streckte ihre Hand nach mir aus und tippte mich an. Sie schwenkte ihren Kopf und machte ein Geräusch, das ich nicht kannte.

«Da ist nichts», sagte sie.

Mehr sagte sie nicht.

Besuch aus Moskau

An meinem zwölften Geburtstag bekam ich meine Tage und einen Blumenstrauß von meinem Vater. Etwas eckig sah er beim Schenken aus, und er schien froh, dass er einen Bart hatte, in den er nuscheln konnte: Nun eine Frau, blabla. Es waren Astern, die ich später in mein Tagebuch malte. Mit Tusche, jede Aster in einer anderen Farbe. Es war mein erstes Tagebuch, das außen keine bunten Bilder hatte, keine Katzen, keine Frösche. Es war ein braunes Buch aus Leinen mit weißen Seiten. Das kam mir stark vor. Auf dem Papier waren auch keine Linien. Ich konnte selbst entscheiden, wie groß oder klein, schief oder gerade ich schreiben wollte. Ich schrieb dann genauso groß und gerade wie sonst. An Freiheit musste ich mich erst gewöhnen. Später habe ich in dem braunen Buch mal eine ganze Seite schräg beschrieben. Unter dem Tuschbild der Astern eine kurze Notiz: «Blut in der Unterhose. Mama hat mir was gegeben.»

Bestimmt eine Binde und zwei Ratschläge. Und von Vater bekam ich also einen Blutenstrauß.

Ich, als neue Menstruierende und Jungfrau, benutzte Binden, die damals noch nicht Slipeinlagen hießen oder einen anderen eleganten, werbewirksamen Namen aus dem Westen trugen, denn damals war noch finstere DDR-Zeit. Was im Westen Monatsblutung hieß, hieß im Osten Besuch aus Moskau. Was im Westen Damenbinde hieß, hieß im Osten Rotfront. Was im Westen Hygieneeinlage hieß, hieß im Osten blutige Barrikade. Und es waren nicht nur die Bezeichnungen. Die Binden im Osten waren tatsächlich weniger soft und sanft und leicht, weniger locker und flockig. Die Ostbinden waren Bretter, die man umständlich mehrere Stunden lang zurechtlaufen musste, damit sie sich in der Mitte der Mitte der Frau anpassten. Für die klapperdünnen Mädchen, wie man sie heute manchmal sieht, denen man einen Ball zwischen den Beinen durchwerfen kann, wenn sie einfach nur dastehen, hätte das kein Problem dargestellt. Für die wären die Ostbinden perfekt. Für Mädchen mit richtigen Beinen waren die Blutbretter eine Qualerei. Man musste eine Weile laufen wie ein Huhn, das ein frischgelegtes Ei im Schlüpfer schmuggelt, um die Binde in der Breite zu bezwingen. Wenn es gelang, dann blutete man häufig links oder rechts an der Binde vorbei, natürlich eher links, war ja die DDR. Wenn es nicht gelang, die Binde in der Mitte schmaler zu laufen, dann kippte sie mitunter im Slip und stellte sich quer. Das war ungünstig, denn wenn auch eigentlich nichts an der Ostbinde funktionierte: Die Klebefläche klebte. Und zwar sehr gut. Und es war auch mehr Klebefläche vorhanden, als nötig gewesen wäre, und auch weit über die Seiten hinaus. Wenn dieses Brett von Binde einmal im Schlüpfer quer stand, blieben bei jedem Schritt Schamhaare an der Klebefläche kleben. Lief man mit dieser gekippten Binde schnell zu einer Örtlichkeit, rissen bei jedem Schritt ein paar Haare ab.

Eins war klar: Ich war jetzt anders. Kinder könnte ich jetzt bekommen.

Zu der Zeit gab es ein neues Baby in der Familie. Es war niedlich, schiss aber viel. Bald kam ein Moment, in dem mir klar wurde, dass ich noch nicht annähernd eine Frau war, trotz dieser Menstruationssache: Das Baby hatte mal wieder alles, was man ihm oben reingetan hatte, unten in anderer Farbe ausgepröttelt und gnatschte nun unzufrieden. Alle Frauen – Oma, Tante, große Schwester und Cousine – begleiteten die Mutter des Geschreis zum Wickeltisch, ihrer aller Augen glänzten wie Weihnachtsbaumkugeln, als die vollgekackte Windel feierlich geöffnet wurde. Da standen sie in ihren Schürzen und Röcken und emanzipierten Hosen und schnupperten gerührt in die Luft. «Ach, das riecht so toll, solange die Babys noch gestillt werden», sagte die Oma und legte den Arm um ihre Tochter, meine Mutter, mit der sie sonst oft stritt, in diesem Moment aber ganz Brust und Brust war. Auch meine Tante bestätigte, dass das Stillen eine so schöne Zeit und ein Babyschiss was ganz Großartiges sei, und sie legte den Arm um ihre Tochter, meine Cousine, der die Tränchen in den Augen standen, weil sie sich selbst so sehr ein Baby wünschte. «Komm doch mal!», sagte meine Tante, damit ich in den Kreis der Frauen aufgenommen werden konnte. «Komm her!» Alle schauten so erhaben und liebevoll, als wäre ich ein Pandababy, das just an diesem Tag aufhören würde, beim Laufen seitlich umzufallen. Meine Mutter breitete mit gerührtem Blick die Arme aus. «Komm, schnuppern!» Und ich, ein zwölfjähriges Gespenst in zu weiten Hip-Hop-Klamotten, ging hin, obwohl ich gar nicht schnuppern wollte.

Meinten die Erwachsenen das, wenn die von Gruppenzwang sprachen? Eigentlich sollte ich mich dem ja nicht beugen, zumindest nicht bei Freunden, die einen schlechten Einfluss darstellten, rauchten und tranken. Ich sollte ablehnen, widerstehen, wenn Zigaretten oder Flaschen rumgereicht wurden. Und da standen nun diese Frauen mit Pipi in den Augen und dem Baby mit Aa in der Windel, reichten es im Kreis rum, und jede durfte mal schnuppern. Wollten die mich abhängig machen? Nur mal schnuppern: Das kennt man ja, das ist dieses erste Gratisangebot, und danach kommst du nicht mehr runter davon. Einmal schnuppern, zack, schon willst du selber so einen Braten.

«Na, komm schon», sagte meine Oma. «Riech doch mal dran.» Also lief ich, das Pandababy, ohne umzukippen, rüber zu den Großen. Und schnupperte. Ich musste mir sofort die Hand vorhalten, um nicht zu kotzen. Etwas Ekelhafteres hatte ich noch nie gerochen. Da lachten sie. Ich durfte mich vom Wickeltisch entfernen. Eins war klar, nur wegen dieser Menstruationssache war ich noch lange keine richtige Frau.

Doch auch wenn mir noch nicht nach einem Baby war, nach Sex war mir schon ein bisschen. Als meine Mutter mir bei meiner ersten Blutung verkündete, ich könne jetzt selbst ein Kind bekommen, schob sie schnell nach: «Aber das hat ja noch Zeit.» Sie versuchte, dabei nicht panisch zu klingen, damit sich im Kinde kein Widerstand rege gegen den Ratschlag, denn die Pubertät stand vor der Tür. Oder besser gesagt: Sie war die Tür. Eine tiefschwarze Tür, die, einmal aufgetan, die Zurechnungsfähigkeit des Kindes verschlingt. Jungen wurden wahnwitzig langsam: Penis und Gehirn versuchen, sich abzustimmen. In etwa wie eine Kutsche mit eckigen

Rädern, die ein Stier in eine Richtung und eine bekiffte Schnecke in eine andere zieht. Bei Mädchen ist es ähnlich, nur ohne bekiffte Schnecke und mit sieben Stieren, von denen einer extrem kitzelig ist, einer hat entzündete Hufe, einer ist blind, weiß aber immer, wo es langgeht, und die anderen Stiere sind verliebt in den Jungen mit den schönsten Haaren, für immer oder nur für fünf Minuten.

Meine Mutter wollte, wie alle Mütter, auf keinen Fall, dass ich in dieser Phase die Frucht meiner Fruchtbarkeit tatsächlich empfing, sie erntete, wickelte und nach einem Teenie-Star benannte.

Kurz nach meiner ersten Periode fiel die Mauer. Das klingt immer, als wäre die einfach umgefallen. So war es zwar nicht, trotzdem war plötzlich auch im Osten überall Westen, eine Sache der Unmöglichkeit, als wäre plötzlich im Süden auch Norden gewesen. Ich bin in der Gewissheit erzogen worden, dass der Kommunismus das Richtige will, fair ist und siegen wird. Und dass der Kapitalismus schlecht ist und nur ans Geld denkt. Plötzlich aber eierten die Erwachsenen in meiner Umgebung rum von wegen: Na ja, Reisefreiheit, das hat schon was, und Meinungsfreiheit, hm, auch nicht ganz verkehrt. So was durfte man ja vorher nicht sagen. Plötzlich sagten es alle, und die neue Wahrheit war geboren. Ganz frisch geschlüpft war sie, mit noch weicher Haut, gab ja jetzt viel bessere Hautcremes. Da musste man erst mal mitkommen als junger Mensch. Wenn so eine Gehirnwäsche ausgeschaltet wird, folgt ja noch das Schleuderprogramm, damit du wieder trocken wirst hinter den Ohren.

Ich war fein durcheinander. Und dazu kamen jetzt noch die Hormone.

Dann gab es mit einem Mal die BRAVO, und ich war schnell angefixt von allem, was da drinstand. Alles, wovor die DDR gewarnt hatte, war plötzlich da. Alles war bunt, voller Zucker, alles wollte gekauft werden und ging dann kaputt. Dann kam es auf den Müll. War ich gerade noch ein taffes Mädchen gewesen, einfach ein junger Mensch, der die Natur mochte, nackt bei offenem Fenster schlief, zu The Cure über Gebühr unelegant herumschlenkerte, zu den Toten Hosen hopste und lachte, war ich plötzlich ein richtiges Mädchen. Und in der BRAVO stand, wie das so ging. Ich war auf einmal unsicher, ich war zu groß oder zu dünn oder irgendwas, denn so war man als Mädchen. Ich machte mir Sorgen, ob irgendein Junge mich mögen würde, und damit er es tat, musste ich mich schminken und über seine Witze lachen. Dabei war ich weit und breit das witzigste Mädchen an der Schule. Warum sollte der Junge eigentlich nicht über mich lachen? Ich hatte irgendwas zu sein, dass ich noch nicht begriff. Und damit fühlte ich mich unfreier als je zuvor.

Und dann gab es jetzt Musikvideos. Das war, als ob man Kinder an Strom anschließt. Nach dem ersten Genuss des Videos zu «Hangin' Tough» von den New Kids on the Block kickten mich meine Hormone durch die Gegend, und ich wusste, da ging ab jetzt was anderes ab. Ich wollte es tausendmal sehen und schreien. Damals war noch nichts mit Aufnehmen oder so. Eine Jugendsendung spielte das Video regelmäßig, aber nicht jedes Mal. Es hieß warten und hoffen. Sofort war ich verliebt in den, der sang. Wie hieß der? Wer ist das? Ich will den. Der hatte so Augen, oh Mann, und diese Haare. Überhaupt, hatten die amerikanischen Jungs alle so unfassbare Haare?

Und es gab noch eine neue Sache: Tampons. Der Knaller. Meine Mutter kaufte verschiedene Packungen, kleine für mich und normale für sich. Sie sagte, ich solle versuchen, es «einzuführen», manche Mädchen hätten kein Jungfernhäutchen, da ginge das. Ich lief also ins Badezimmer, schloss die Tür und suchte ein Loch. Doch da war keins. Ernsthaft besorgt ging ich zurück zu meiner Mutter und erfragte die genaue Lage jenes Loches. Es sei zwischen vorn und hinten, versuchte sie zu beschreiben, in der Mitte und eher nicht wie ein Loch. Sie gab mir einen Handspiegel und schickte mich wieder ins Bad zum Suchen. Wer suchet, der findet. Mitten in alldem zwischen meinen Beinen ließ sich eine Stelle ausmachen, von der ich mir vorstellen konnte, dass es dort weiter hineinging. Aber alles war stramm, und dass der Tampon nicht wie mit einem Katapult gleich wieder hinausgeschossen kam, war ein Wunder.

Kurz darauf gelangte eine Freundin in den Besitz einer BRAVO mit einem New-Kids-on-the-Block-Poster sowie einem ausführlichen Artikel über die Band, und ich verliebte mich aus Versehen in Jordan. In dem Artikel stand ähnlich wie in einem Hundelexikon: Danny mag das, Donny das, Joey ist so und so, Jordan hingegen eher so. Und obwohl Hangin' Tough von Donnie gesungen wurde und er auch viel besser zu mir passte, verwechselte ich die beiden und verkündete überall, dass ich in Jordan verliebt sei. Die Kids wurden ja unter den Mädchen aufgeteilt, und Donnie war schon fest an eine Freundin vergeben. Also blieb ich dabei. Die Donnie-Mädchen in meiner Schule waren viel cooler, erwachsener. Denen ging es schon um ganz andere Sachen als knutschen, und das sah man dem Donnie auch so ein bisschen an. Jordan war zwar auch beliebt, aber in unserer Klasse war ich die Einzige, die für ihn schwärmte.

Plötzlich gab es also einen überlebenswichtigen Jordan für mich. Ein Wort, das ich bis dahin nur von meinem Großvater kannte, als eine Sache, über die man gehen konnte. Doch nun war ein Jordan plötzlich ein Junge aus Amerika, also bis vor kurzem ein Staatsfeind Nummer eins für ein DDR-Gemüse wie mich. Und wurde auch noch Tschorden ausgesprochen, wie ich lernte. Mit ihm hatte ich jetzt einen Sehnsuchtsort in meinem Leben.

Als ich das erste Mal den Tampon einführte, stellte ich mir vor, dass der Tampon Jordan wäre, und das erleichterte alles ungemein. Zwar glaubte ich nicht, dass Jordan nur so einen Kleinen hatte; aber dass Männer einen wesentlich Größeren haben konnten, der in dieses Fast-kein-Loch hineinpassen sollte, glaubte ich noch weniger. Ab da konnte ich Tampons benutzen.

In den Parallelklassen an meiner Schule gab es insgesamt drei Jordan-Mädchen. Eine war eine Art durchgeknallter Besen, eine war sehr klein und weinte schnell. Und eine war eigentlich ein Junge. Wenn Jordan mal an die Schule käme, würde er sich für mich entscheiden. Das bedeutet mir eine Menge.

Melonen

Es ist ein so heißer Tag, dass man nur an Wassermelonen denken kann. Wassermelonen, wie man sie aufschneidet, Wassermelonen, wie der Saft herausläuft, Wassermelonen, wie rot sie sind, wie man die Kerne mit der Gabel herauspolkt, Wassermelonen, wie man hineinbeißt. Es sind fünfunddreißig Grad in Berlin.

Man kann die Fenster nicht öffnen, weil sonst die Hitze hereinkommt.

«Rosa!», ruft ihr Bruder im Hof.

Sie geht ans Fenster. Sie will das Fenster nicht aufmachen. Sie winkt mit beiden Armen, dass er hinaufkommen soll. Er verdreht die Augen. Dann setzt er seine Sonnenbrille auf, damit er die Hände frei hat, um Schwimmbewegungen zu vollführen. Er steht unten im staubigen Hof und schwimmt in der heißen Luft. Sie schüttelt den Kopf. Sicherlich wäre es wunderbar im Wannsee, aber schon die S-Bahn-Fahrt: das Kleben auf den Holzsitzen, das Schmatzen, wenn jemand aufsteht. Sie schüttelt den Kopf. Ihr Bruder schwenkt den Autoschlüssel. Sie schüttelt wieder den Kopf. Er hängt seine Sonnenbrille in den Hemdausschnitt, zuckt mit den Achseln und schlendert davon.

Sie macht ganz laut Musik an und hüpft ein bisschen in der Wohnung umher. Sie könnte oberflächlich Ordnung schaffen, aber wieso, soll er doch sehen, worauf er sich einlässt. Sie könnte abwaschen, bis er kommt, aber soll er doch sehen, wie es hier aussieht. Sie könnte sich umziehen. Sie sieht ja aus wie ein kleiner Junge mit ihren umgekrempelten Hosen und dem Ringelhemd. Aber soll er doch sehen, wie sie aussieht. So sieht sie aus. So sieht's bei ihr aus. Sie macht die Musik noch etwas lauter. Soll er doch hören, dass sie zu laut Musik hört. Sie könnte etwas Leckeres kochen, aber wieso, nachher gibt es Rührei.

Soll er doch kommen. Sie hat keine Angst. Sie weiß alles, was sie wissen muss.

Warte, bis er dich küsst, beiß ihn in den Nacken. Lass ihn nicht sehen, wie du von hinten aussiehst. Keine Angst, es blutet etwas.

Sie will nicht für ihn aufräumen. Sie legt noch mehr Bücher in den Flur, noch mehr Kleidung auf den Stuhl. Sie zerwühlt das Bett und legt alle Schallplatten, die sie hat, auf den Boden. Sie hat nicht so viele Schallplatten. Nur vier.

Sie trinkt einen halben Liter Wasser. Dann muss sie nachher vielleicht pullern, aber das kann er ruhig wissen.

«Rosa!», ruft es im Hof. Sie schrickt zusammen. Jetzt schon? So pünktlich? Sie kann sich gar nicht mehr umziehen und ein bisschen aufräumen. Sie macht die Musik leiser und reißt das Fenster auf. Die Hitze steht still wie eine dicke Flüssigkeit, dann schwappt sie ins Zimmer. Im Hof steht ihr Bruder.

«Rosa, kann ich eine Decke von dir haben?»

Sie winkt ihm wieder, er solle hochkommen.

«Schmeiß runter!», sagt er.

Sie wirft ihm eine karierte Decke in den Hof. Er fängt

sie. Die Decke hat sich im Flug auseinandergefaltet. Er hängt sie sich um die Schulter und sagt: «Frisch heute, oder?»

Sie zeigt ihm einen Vogel. Sie will im Hof nicht herumbläken. Sie mag es auch nicht, wenn andere das tun.

«Bist sicher, dass du nicht mitwillst?»

Sie nickt.

«Kommt dein Heinrich heute?»

Sie schüttelt den Kopf und macht das Fenster zu. Ihr Bruder winkt mit der Zigarettenpackung und geht.

Sie muss niesen, viermal hintereinander. Sie hat Heuschnupfen, jedes Jahr ein bisschen mehr. Sie schnaubt. Schnaubt so lange, bis sie Nasenbluten bekommt. Sie hält das Taschentuch unter die Nase und kümmert sich nicht weiter darum, bis sie merkt, dass ihr das Blut über den Mund läuft. Es fühlt sich kühl an. Sie leckt ihre Lippen ab. Blut. Im Spiegel sieht sie furchtbar aus. Sie steckt sich schnell eine zusammengedrehte Ecke des Taschentuches in die Nase und schneidet den Rest ab. Es war kein schlechtes Taschentuch, mit Stickereien, aber davon hat sie über fünfzig. Sie schaut sich im Spiegel an. Ob sie so bleiben soll? Kann er doch sehen.

Sie wischt sich das Gesicht mit einem Waschlappen ab. Das Stück Taschentuch lässt sie in der Nase. Sie hat auf ihr Ringelhemd getropft, rote Flecken auf gelben Streifen. Jetzt muss sie sich doch umziehen.

Sie zieht ein Kleid an. Da geht vielleicht alles schneller. Er hat Erfahrung, sagen sie in der Schule. Sie hat keine, aber sie weiß alles. Er soll erst mit dem Finger, dann tut's nicht so weh, er soll anfangen, schließ die Augen, es wird etwas bluten.

Er kommt schon in einer halben Stunde. Sie macht die Musik wieder laut. Vielleicht tanzen sie ja erst. Die Musik ist so laut, dass sie es auch in der Küche hören kann. Sie wäscht ab. In der Schule sagt man, er nimmt jede und alle hätten mit ihm angefangen, sogar Elli, der Schwarm aller Jungs. Die ist jetzt mit Walter zusammen, dem Schwarm aller Mädchen. Walter hat Schultern, da können auf jeder Seite zwei Krähen sitzen. Heinrich hat Mädchenschultern, weich und abfallend, da rutschen die Krähen runter. Aber Heinrich nimmt jede. Walter nicht. Walter hat Augen wie eine gemalte Himmelsphantasie. Heinrichs Augen sind wie der Himmel. Grau-blau. Aber Heinrich mögen die Mütter. Sie sagen, er wäre patent, den solle man sich warmhalten, der wäre hübsch und sähe vernünftig aus. Mütter lassen Heinrich ins Kinderzimmer ihrer Töchter und in ihre Töchter. Mütter gehen einfach einkaufen, obwohl Heinrich kommt, und Brüder gehen einfach baden, obwohl Heinrich kommt. Hätte sie Walter mitgebracht, hätte sie Stubenarrest bekommen. Mütter mögen Walter nicht, aber Töchter mögen Walter. Väter mögen Walter erst recht nicht. Heinrich mögen sie, der hilft seinem Vater in der Autowerkstatt und sitzt beim Fußball auf der Reservebank. Seit zwei Jahren sitzt er da. Zweimal hat er gespielt und wurde umgerannt. Davon ist ihm sein rechter Schneidezahn abgebrochen.

Er ist schon über eine Stunde zu spät. Sie hat die Schallplatten wieder ins Regal sortiert. Das Bett geglättet, das Taschentuchröllchen aus der Nase genommen. Sie steht am Fenster, macht es nicht auf, schwitzt. Sie riecht bestimmt nicht gut.

Sie geht duschen. Nackt steht sie im Bad. Kann auch gleich so aufmachen, dann weiß er, woran er ist. Sie schaut sich mit einem Handspiegel zwischen die Beine. Da ist kein Häutchen, da ist kein Loch. Er wird schon wissen, was er machen soll. Er soll anfangen, erst der Finger. Haben alle gesagt. Erwarte nichts Tolles. Er macht dich halt zur Frau.

Er kommt viel zu spät. Die Eltern werden gegen sieben aus dem Garten zurück sein. Bis dahin sollte alles vorbei sein. Kurz und ihretwegen auch gar nicht schmerzlos, aber kurz.

Es ist unerträglich warm. Sie muss wieder niesen. Sie hat Durst. Dann sieht sie ihn über den Hof kommen. Das ist Heinrich, Fußballschuhe, Turnhose und braunes Hemd. In der Hand hat er einen Beutel. Was braucht man denn noch dazu? Braucht man noch irgendwas? Ein Handtuch soll man unterlegen wegen dem Blut. Er bringt doch nicht sein eigenes Handtuch mit. Sie macht die Musik leise. Er klopft.

«Hallo, Rosa!», sagt er und küsst sie auf die Wange. Das macht er, seit sie miteinander gehen. Danach wird sie Schluss machen Eigentlich schwärmt sie für Eugen, der ist drei Jahre älter. Seine Schultern sind auch nicht schlecht. Für den würde sie ein Kleid anziehen.

«Schönes Kleid hast du an!», sagt Heinrich.

Eugen steht in der Schulmannschaft im Tor. Er verdrischt immer alle, sogar Walter, Heinrich sowieso, aber das wird er dann lassen. Für den würde sie aufräumen.

«Schönes Zimmer hast du», sagt Heinrich. Sie macht einen blöden Knicks und geht ein Handtuch holen. Sie haben nur noch eine Stunde. Das wird wohl reichen.

Heinrich nimmt ihr das Handtuch ab und wischt sich übers Gesicht. Er wischt sich den Nacken, und dann zieht er sein Hemd über den Kopf. Er wischt sich den Oberkörper ab und gibt ihr das Handtuch zurück.

«Danke!», sagt er.

Sie nimmt das Handtuch entgegen wie einen unerwarteten Preis. Dann hat er wohl sein eigenes Handtuch mit. Sie bringt das Handtuch zurück ins Bad und hängt es über den Wannenrand.

Er hat inzwischen das Fenster in ihrem Zimmer aufgerissen und sich aufs Bett gelegt, auf den Rücken, auf ihr Bett. Jetzt also.

«Wollen wir Melone essen?», fragt er.

«Ich hab keine Melone!»

«Ich hab welche mitgebracht.»

Sie fängt wieder an zu niesen. Und dann bekommt sie wieder Nasenbluten.

«Hast du Heuschnupfen?», fragt er.

Sie nickt und sucht das zerschnittene Taschentuch. Irgendwo muss es noch liegen. Er will ihr sein Hemd geben, aber sie lehnt ab. Sie hält den Zeigefinger vor die Nase. Er rennt ins Bad und kommt mit dem Handtuch wieder. Er hat es mit kaltem Wasser getränkt und legt es ihr in den Nacken. Den einen Zipfel des Handtuches presst sie sich ans Nasenloch.

«Ich schneid schon mal die Melone. Leg dich aufs Bett», sagt er und geht in die Küche.

Sie wartet, bis das Blut weniger wird. Das zerschnittene Taschentuch hat sie jetzt gefunden und sich wieder einen Zipfel ins Nasenloch gesteckt. So geht sie in die Küche.

Er lacht. Sie essen Melone. Der Saft läuft ihnen die Arme hinunter. Sie tropfen. Ihm läuft der Saft sogar den Hals hinab über die Brust, bleibt in seinem blonden Flaum hängen und schillert. Sie hört die Eltern an der Tür.

«Zieh dich an!», sagt sie.

Sie rennen beide in ihr Zimmer. Er zieht sich das Hemd an. Sie versteckt das Handtuch voller Blut unterm Bett.

Es riecht nach ihm. Sie grinsen sich an.

Tag der Arbeit

An einem Mittwoch hatte die neue Eroberung ihres Sohnes einen Einstellungstermin bei den Vielleicht-Schwiegereltern im Garten. Es war der Erste Mai, und der Sohn musste demonstrieren gehen bis um zwölf. Heinrich wollte sogar bis halb zwei demonstrieren. Aber sie ging nicht. Sie war zu alt, um rumzulaufen, wenn sie nicht irgendwohin wollte. Das wollten die da oben nur, dass sie irgendwohin wollte. In die Zukunft und so. Die Neue ihres Sohnes war gerade krankgeschrieben wegen verknackstem Fuß.

Damit wäre sie als die Neue bei anderen Familien schon mal durchgefallen. Da hätte sie auch mit gebrochenem Fuß zum Demonstrieren gehen müssen. Auch mit gar keinem Fuß. Aber Rosa war nicht mehr rot. Rosa war nur noch Rosa. Ein paar Jahre früher hätte sie auch in ihrer Familie keine Neue zum Einstellungstermin im Garten eingeladen, wenn die den Ersten Mai schwänzte. Aber sie schwänzte ja gar nicht. Der Fuß!

Es war bedeckt, konnte sein, dass es so blieb. Sah gar nicht aus wie ein Frühlingstag. Roch aber so.

Die Frauen wollten das Mittagessen fertig haben, bis die Männer kamen. Sie hatte an gefüllte Paprikaschoten gedacht. Die Neue ihres Sohnes wollte lieber etwas anderes machen, und der Sohn hatte geschwärmt von der Wirsingterrine der Neuen, bis auch Heinrich ganz neugierig darauf war, und da musste sie wohl zustimmen. Rosa hatte trotzdem alles für gefüllte Paprika gekauft, falls die Neue nicht käme, aber die Neue kam, sogar pünktlich; oder falls die Neue nicht eingekauft hätte, aber sie hatte.

«Tja, hallo! Ich bin Martins Mutter!»

«Ich bin Monika!» Die Neue hob die Schultern, ließ sie fallen, als ob sie nichts dafür könnte, Martins Neue zu sein, als hätte er sie zufällig wo gefunden. Darauf könnte man nur ‹Na ja, macht ja nichts› sagen, aber Martins Mutter sagte nichts. Sie sah die zierliche Frau an und sah alles, was sie sehen wollte. Sie winkte die Neue ins Haus und schaute dann in den ledernen Einkaufsbeuteln nach, was man alles für eine Wirsingterrine brauchte. Die Beutel waren stabil und schick. Sie kannte solche nicht, und selbstgenäht wirkten sie nicht.

«Wo haben Sie die denn her?», fragte sie.

«Och die, die hab ich selbst genäht.»

Darauf könnte Rosa wieder sagen: ‹Na ja, macht ja nichts›, aber sie sagte wieder nichts. Sie packten die Beutel schweigend aus, und die Neue sortierte alles. Etwas wurde hierhin gelegt und etwas dorthin. Dann fragte die Neue nach Schüsseln.

«Das ist 'ne schöne Schüssel», sagte sie.

Die Schüssel war völlig normal, eine alte Emailleschüssel mit ein paar Sprüngen. In fremden Gesichtern lesen war schwer.

«Kann ich das Rezept mal lesen?», fragte Martins Mutter. Sie machte zwar nie etwas nach Rezept, weil sie alles nach Gefühl machte, aber die Neue hatte das Rezept bestimmt dabei.

«Oh, ich hab keins. Ich mach das aus dem Kopf.» Die Neue zuckte wieder die Schultern.

Dann wurde die Arbeit aufgeteilt, wer was schneidet oder reibt und wie groß. Hätten sie mal lieber gefüllte Paprikaschoten gemacht. Die Neue rupfte Blätter vom Wirsingkopf und wusch sie, alles ohne Schürze, mit ihren schicken Stadtsachen.

«Kann ich 'ne Schürze haben?», fragte die Neue, und Rosa hielt ihr zwei Schürzen hin. Die hässliche und die noch hässlichere. Da war sie jetzt aber mal gespannt.

Die Neue fragte: «Welche wollen Sie?», und dann nahm sie die noch hässlichere, die übrig blieb.

«Die ist ja nicht so schick.» Die Neue lachte und legte die Wirsingblätter in einen Topf. Nicht dass sie jetzt anbot, ihr eine schöne Schürze zu nähen. Das wäre ja aufdringlich. Tat sie aber nicht. Auch ein bisschen schade.

Dann rieben sie die Mohrrüben und schnitten die restlichen Wirsingblätter klein, sie rieben den Käse, sie schnitten die Pilze und rührten eine Masse aus Ei und Sahne an.

Martins Mutter schwieg und beobachtete, wie schnell die Neue schnitt und ob zwischendurch die Finger abgeleckt wurden. Sie fragte die Neue nichts. Aber die Neue fragte auch nichts, nicht mal nach dem Garten. Dabei war der groß und schön. Rosa war sehr stolz auf den Garten.

«Wie groß ist der Garten eigentlich?», fragte die Neue dann.

Das wusste Martins Mutter gar nicht, also dachte sie sich etwas aus. Im Schätzen war sie nicht so gut.

«Ich hätt gedacht, größer. Ich glaub, er wirkt größer, weil der Weg gut angelegt ist.»

«Aha!», sagte Martins Mutter, und die Neue lächelte unsicher. Rosa ging in den Garten, schnitt Petersilie und kam wieder ins Haus.

«Kann Petersilie mit ran?»

Das war wirklich schwer. Sie selbst würde sich nicht in ein Rezept reinreden lassen.

«Kann sein. Ich hab ja das Rezept nicht mit. Machen wir's einfach rein.»

Rosa hackte also die Petersilie und rührte sie in die Masse aus Ei und Sahne. Dann musste noch das Toastbrot geschnitten werden.

«Jetzt wird die Terrine gefüllt.»

«Aha!», sagte Rosa wieder nur, und wieder lächelte die Neue unsicher. Sie pustete sich eine Haarsträhne aus der Stirn. Sie war blond. Alle anderen, die der Sohn angebracht hatte, waren dunkelhaarig gewesen.

Muskat musste auch noch ran. Sie mischten die anderen Zutaten. Dann kippten sie die Masse in die Terrine und deckten noch Wirsingblätter darauf.

«Gibt's da dann noch was dazu?»

«Wie, was dazu?» Die Neue pustete sich wieder die Haarsträhne aus der Stirn und atmete mit offenem Mund ein.

Sie tat ihr leid. «Kartoffeln oder so. Wir haben welche im Garten. Soll ich ein paar holen?»

Die Neue äugte in dem fremden Gesicht umher und suchte nach einer guten Antwort. Aber fremde Gesichter sind eben schwer zu lesen. Die Neue wischte die Hände an der Schürze ab, und dann kam Martin.

Er rief am Gartentor: «Die Genossin Monika, sie lebe hoch, hoch, hoch!», und lachte.

Die Neue lief lachend zu ihm. Das junge Paar küsste sich unter dem Rosenbogen. Und Martin hob die junge Frau hoch, hoch, hoch.

Als die beiden in die Laube kamen und Martin auch die Genossin Rosa hoch-, hoch-, hochleben ließ, sagte die nur: «Martin! Wenn dich jemand hört.»

«Die sind doch selber alle im Garten.» Er küsste seine Mutter.

Die Terrine musste siebzig Minuten in den Ofen. In siebzig Minuten hätten die zwei Frauen vielleicht gelernt, das Gesicht der anderen ein bisschen besser zu verstehen. Vielleicht wäre die Stille im Haus sehr still geworden. Aber nun war ja Martin so früh da.

Das junge Pärchen baute draußen auf der Wiese den Tisch auf, die Stühle und sogar den Sonnenschirm in der Hoffnung, dass die Sonne noch herauskommen würde. Die Vögel sangen wie an einem Frühlingstag, aber es war keiner.

Sie räumte inzwischen in der Küche auf, wusch die Reibe und die drei Schüsseln, ging dann raus und kippte mit einem Ruck das Abwaschwasser aus den Spülschüsseln in das Rhabarberbeet. Die Blätter legten sich kurz auf die Erde und richteten sich dann wieder auf. Die Neue könnte ihr wenigstens helfen.

«Soll ich in der Küche helfen?», fragte die Neue, und sie schickte sie sofort weg. Was sollten sie sich wieder anschweigen? Sollten die zwei doch herumkichern draußen unterm Sonnenschirm und einen Radiosender suchen, der Popmusik spielte.

Sie zupfte derweil ein bisschen in den Beeten herum. Soll die Neue bloß nicht fragen, ob es etwas im Garten zu helfen gäbe.

Die Vergissmeinnicht hatten sich dieses Jahr wieder ausgebreitet wie Unkraut. Sie überlegte, ob sie die Blumen herausreißen sollte. Dann ging sie die Neue fragen, ob sie welche für den Balkon haben wollte.

«Oh ja!», sagte die, und Martin schaute sie stolz an. Weil die Neue die richtige Antwort gegeben und einen Balkon hatte und schön lächeln konnte.

Dann schaute er die Mutter an: «Hör doch mal auf, am Tag der Arbeit zu arbeiten. Kann ja nicht wahr sein.»

Sie ging wieder zu den Beeten und stand gebeugt mit Schaufel, bis Heinrich kam. Er gab seiner Frau einen Kuss und sagte: «Na, Genossin!»

«Du bist genauso blöd wie dein Sohn.»

«Das kann nicht sein, er ist bestimmt blöder als ich.»

Sie beratschlagten kurz, was mit dem Knöterich passieren sollte, und dann steckte er ihr seine Plastenelke an die Schürze.

«Und wie ist die Neue?»

«Ach», antwortete sie.

Also ging er sie sich selber anschauen.

Kurz bevor die Terrine fertig war, begann es gut zu riechen, und die Sonne kam raus. Bei den Gartennachbarn gab es auch gleich Essen, gefüllte Paprikaschoten. Die Frauen trafen sich kurz am Gartenzaun, um sich guten Appetit zu wünschen und sich auszutauschen.

Schön sei das Wetter noch geworden. Bei den anderen kämen nachher auch die Kinder, die noch in der Stadt waren.

«Was gibt es denn bei euch?»

«Wirsingterrine. Ganz lecker. Hat die Freundin von meinem Sohn gemacht. Ich kann dir ja das Rezept geben.»

«Wir haben nachher LPG-Kuchen zum Kaffee. Und ihr?»

«Zum Kaffee gehen wir an die Regattastrecke.»

«Oh schön, da ist es immer schön. Na, guten Appetit.»

Die Wirsingterrine war tatsächlich sehr gut. Ein bisschen störte die Petersilie. Die Löffel klapperten ans Geschirr wie an einem Sonntag. Die Sonne leuchtete ihre Gesichter aus. Als die Männer sagten, dass die Köchinnen hoch-, hoch-, hochleben sollten, schauten beide Frauen streng.

Storys